D1984716

Dino

Liebe sagt das Herz

Angst sagt der Bauch

Das „erste Mal“ für Catharina & Benjamin – von beiden erzählt

Dino

Die Deutsche Bibliothek – CIP-Einheitsaufnahme

Ein Titeldatensatz für diese Publikation ist bei
Der Deutschen Bibliothek erhältlich

Liebe sagt das Herz, Angst sagt der Bauch /
John, Natalie; Stefan Bommeli. –
Stuttgart: Dino entertainment AG
Bd. 4: Das „erste Mal“ für Catharina & Benjamin – von beiden erzählt
ISBN 3-89748-279-7

Dieses Buch wurde auf chlorfrei
gebleichtem Papier gedruckt.

In neuer Rechtschreibung.

Rotebühlstr. 87, 70178 Stuttgart

Cheflektorat: Verónica Reisenegger
Redaktion: Martina Patzer
Umschlaggestaltung: Peter Wiesmeier, München
Umschlagfoto: Image Bank, Mahaux
Satz und Typografie: Greiner & Reichel, Köln
Druck und Bindung: G. Canale & C. S. p. A., Turin
Gesetzt in News Gothic
ISBN 3-89748-279-7

1

Drei Tüten „Hot Chili“, zwei Mal „Barbecue“ und „Cheese and Onion“ – dürfte eigentlich eine Weile reichen. „Cheese and Onion“ klemme ich mir unters Kinn, balanciere auf einem Bein wie eine fußkranke Ballerina, kicke mit dem anderen die Vorratskammertür zu. Zack, genial: „Cheese and Onion“ landet auf dem Boden. Ich versuche mich zu bücken, ohne die anderen Chips zu Krümelkram zu quetschen. Plötzlich raschelt es neben mir. Mäuse? Ihhhh … Kommt davon, weil Mam ihre alten muffeligen Allerheiligen-Gestecke im Hobbyraum lagern muss.

Der DJ oben legt jetzt eine Pause ein. Gedämpfte Stimmen. Gelächter. Das Rascheln in meiner Nähe wird lauter, hört sich an wie … wie heftiges Schnaufen. Wie ein Marathonläufer kurz vor dem Ziel. Seltsam …

Todesmutig schleiche ich auf Zehenspitzen zum Hobbyraum. Die Tür ist nur angelehnt. Vorsichtig schiebe ich sie einen Zentimeter auf, spitze hinein. Zwei Körper wälzen sich auf unserer Eckbank, ein Wust langer schwarzer Haare schwappt zur Seite … Sonja? Sonja! Ich glaub's nicht …

Meine beste Freundin liegt auf unserer wurmstichigen, ungemütlichen Eckbank und treibt wer weiß was mit wer weiß wem …

So leise wie möglich ziehe ich mich wieder zurück und haste anschließend die Treppe hinauf.

„Nachschub!", grölt mir Thomas entgegen und grabscht nach den Hot Chilis unter meinem Arm.

„Hier." Ich drücke ihm alle Tüten gegen die Brust.

Benjamin, wo ist Benjamin …

Ich steh mit dem Rücken zur Tür. Mann, die Party ist ein wogender Sturm. Die Feuchtigkeit kondensiert an den Wänden und den bunten Girlanden, die irgendwo im rauchigen Dunst entschwinden.

Verlegen klammere ich mich an mein Geschenk für Catharina. War es blöd, ein Geschenk mitzubringen? Zu so einer Party? Ein monströser Bass donnert auf meine Brust, der DJ – was ist das denn für ein Typ? – scheint ja voll in seinem Element zu sein. Scheinbar alle. Nur ich stehe immer noch an der Tür.

Blick nach links, da knutschen zwei rum. Echt, die knutschen voll – Mensch Benjamin, wo schaust du denn hin … Blick nach rechts, überquellende Tanzfläche, der Lautstärkeregler am Anschlag. Weia. Sehe kurz ein paar Brüste im engen T-Shirt vorbeihüpfen. Aber niemanden, den ich kenne. Mein Freund Chen würde sich kaum in diese Hölle verirren, dann schon eher seine Freundin Mônica, das Energiebündel. Okay, niemand da, aber wenigstens die stolze Gastgeberin müsste doch irgendwo sein und ihre fünfzehn Jährchen feiern.

Es hilft wohl alles nichts. Schon gar nicht verstörtes Rumgucken. Benjamin Rafaniello! Auf ins Gewühl. Wohin könnte ich mich denn verkrümeln? Abhauen ist natürlich nicht drin. Schließlich ist Catharina meine beste Freundin, war es schon immer, wird es immer sein. Und wenn ich mein Geschenk schon nicht am Gabentisch loswerde, muss ich es ihr wohl persönlich geben. Also rein ins Getümmel.

Erster Versuch: Links zur improvisierten Bar. Versuche mein Geschenk in die Jackentasche zu zwängen. Dafür ist es aber doch zu groß.

Hinter der Bar schwitzt Melanie, ausgeflippt wie immer, im knallengen Fummel und jongliert mit allerlei Flaschen.

„…“, schreit sie mir zu, vermutlich die Frage, was ich trinken will.

„B-I-E-R“, schreie ich, das ist auf jeden Fall eine richtige Entscheidung.

Melanie schenkt mir ein smartes Lächeln, zupft eine Flasche „Millers“ aus einer Badewanne voller Eis und ploppt elegant den Verschluss in die Ecke. Ihr Fummel ist wirklich knalleng. Einen Augenblick glaube ich ihre Brustwarzen zu sehen. Ich setze an, kräftiger Schluck und mein Magen quittiert mit einem entsetzten Schluckauf.

Melanie will schon weitertänzeln, und einige Typen aus der Nachbarschaft drängen sich gierig an die Bar – gierig nach was, frage ich mich. Ich greife nach Melanies Fummel, um sie einen Moment zurückzuhalten. „Wo ist denn Catharina?“, brülle ich und höre mich selbst kaum.

Melanie lächelt und zuckt die Schultern. Ihre Antwort wird der Nachwelt nicht erhalten bleiben.

Scheiße.

Packe Bier und Geschenk und versuche mich auf die andere Seite des Raumes durchzuschlagen. Ziemlich unübersichtlich hier. Herr Himmelfarth, Catharinas Vater, hat mir mal gesagt, das Haus sei über hundert Jahre alt. Wer weiß, wie viele Orgien dieser Ort schon gesehen hat, bis er der ehrbare Lagerraum eines Blumengeschäftes geworden ist. Auf jeden Fall werden die Himmelfarths ganz schön kräftig lüften müssen, damit ihnen ihre Gewächse nicht auf der Stelle verwelken. Nach drei Mal husten und vier Mal angerempelt werden erspähe ich ein Sofa, das mindestens so alt sein muss wie das himmelfarthsche Haus. Meine Rettung. Ich lasse mich neben ein Pärchen plumpsen, das offensichtlich mehr Abgeschiedenheit gesucht hatte und prompt die Flucht ergreift. War das nicht der Heiner, diese Tüte vom Restaurant „Goldener Hirsch"? Oh, Kinder!

Mach es mir auf dem Sofa bequem, oder was noch davon übrig ist. Betaste mein Geschenk. Ein Wunderwerk der Technik, eine echte Errungenschaft der Kultur.

Und starre in die blubbernde Menge.

Benjamin lümmelt auf der Couch herum und studiert die Bierflasche in seiner Hand. Mit einem Satz werfe ich mich neben ihn. Benjamin sieht mich an. „He, was is' los, irgendwas passiert?"

Einen kleinen Moment zögere ich. Soll ich's ihm sagen? Sonja ist meine beste Freundin ...

Keine Chance. Benjamin ist mein bester Freund, er wird schon dichthalten. Es muss raus. Sonst zerreißt es mich wie Rumpelstilzchen. Kauere mich also ganz eng neben ihn, schiebe seine dunklen Locken zur Seite und flüstere in sein Ohr. „Sonja ... ich hab sie gerade erwischt ..."

Benjamin kippt unbeeindruckt seine Bierflasche. „Wie, erwischt?"

Vollidiot. „Na, im Keller, bei ...", sage ich und werfe ihm einen tiefen und viel sagenden Blick zu.

Er sieht mich begriffsstutzig an. „Ist was mit deinen Augen?"

Mannomann. Typisch. „Benjamin!!!!!! Im Keller, auf unserer alten Eckbank ... eng umschlungen ... verstehst du ...?"

Benjamin setzt die Flasche ab. „Nein! Is' nicht wahr!"

Endlich! „Doch. Ich war eben Chipsnachschub organisieren. Wühle im Vorratskeller, auf einmal raschelt es im Nebenraum. Hab mich natürlich tierisch erschreckt. Mäuse, war mein erster Gedanke. Nehme meinen Mut zusammen, schiele durch die Tür und ..."

„Und was?" Benjamin sieht mich erwartungsvoll an. Seine Augen glänzen plötzlich so eigenartig. Verträgt einfach kein Bier, mein Kindergartenkumpel. „Sonja liegt da rum und knutscht und ..."

„So, so, Sonja ... jaja ... stille Wasser ...", grinst Benjamin und widmet sich wieder seinem Bier. Ich rutsche auf der Sofakante hin und her, kann kaum noch still sitzen.

„Was denkst du, hat sie's getan?", flüstere ich in sein Ohr.

Benjamins Interesse ist jetzt wohl doch geweckt. „Hast du gesehen, mit wem?"

„Keinen Schimmer." Ich hüpfe auf die äußerste Sofakante. Von dort habe ich die Kellertreppe genau im Visier. „Aber ich werde es herausfinden!"

„He, Kati, gibt's noch Bier irgendwo?" Gunnar, genannt Gunni, baut sich vor mir auf und versperrt mir die Sicht. Gunni, die Obernervensäge. Hätte wohl doch besser keine Jeder-kann-kommen-Sommerferienende-Party machen sollen.

„Nee, Bier is' alle. Übrigens, ich heiße Catharina, Gunni, Catharina. Check das doch endlich."

Gunnar zuckt die Schultern und zieht ab. Ich hasse es, wenn man mich Kati nennt. Hat so was Hausbackenes. Klingt nach klein, pummelig, blonde Zöpfe, rot karierte Schürze.

„He, Catharina", ruft mir Benjamin zu, deutet mit dem Kopf Richtung Kellertreppe und pfeift grinsend durch die Zähne.

Eine männliche Gestalt schreitet dynamischen Schrittes die Kellertreppe hoch. Pfeifend. Die Hände in den Hosentaschen. Tobias. Der Obercasanova. Sollte Sonja etwa mit ihm? Ein paar Sekunden nach Tobias erscheint Sonja. Wirre Haare, hochrotes Gesicht, mit beiden Händen hält sie ihre Strickjacke krampfhaft über ihrer Bluse zusammen. Sieht nicht besonders gut aus, steuert zur Haustür. Ich springe auf, erwische sie gerade noch an der Tür. Vorsichtig lege ich meine Hand auf ihren Arm. „Sonja, warte mal, wo willst du hin, was ist los?"

Sonja macht sich los. „Lass mich, ich muss gehen, tschüs."

Oh Hilfe. Gunnar, die Obertüte. Lässt sich nieder, rülpst, das Sofa quietscht. Und Catharina düst wie die Rettungsflugwacht in Richtung Sonja.

„Ey, Benni, altes Haus."

Ich verdrehe die Augen. Ich sehe Catharina, wie sie auf Sonja einredet. Tobias indessen hat's gerade bis an die Bar geschafft und sich wohl bei Melanie verfangen.

„Ey, Benni", brummelt Gunnar, „was has'n da? 'n Geschenk?"

„Nee, Gunnar, die Fernsteuerung für mein Fahrrad."

„Hat wer Geburtstag?"

„Catharina vielleicht?" Was soll denn die Frage?

„Die hatte doch schon vor zwei Wochen.“ Er nuckelt an seiner Flasche.

Wie bitte?

„Und was ist das dann für ’ne Party?“

„Ne Party halt …“, tutet Gunnar in seine Flasche.

Toll. Ich, der beste Freund. Schon wieder verpennt. Natürlich mit Geschenk unterwegs auf einer stinknormalen Fete. Und Catharina irgendwo im Getümmel. Ich sehe schon, mein Ufo ist auf dem falschen Planeten gelandet.

„Ey, Benni …“, setzt Gunnar an und holt Luft für eine längere Rede.

Auf keinen Fall, denke ich und stehe etwas wackelig auf, zwänge das Geschenk mit Gewalt in meine Jacke und torkle los.

Sonja haut völlig aufgelöst ab. Ihre langen dunklen Haare wehen wie eine seidene Fahne hinter ihr her. Die Ärmste sah total fertig aus. Muss sie sich aber auch unbedingt mit diesem Typen einlassen? Dass der ein Schwein ist, weiß doch jede. Ob er sie vergewaltigt hat? Sah aber irgendwie nicht so aus. Ich muss ihr nach …

Jemand legt seinen Arm um meine Schulter.

„Na du …“ Benjamin.

„Hast du gesehen, Sonja war total neben der Spur."

Benjamin winkt ab. „Lass sie erst mal, die kommt schon wieder runter." Er packt meine Hand und schleift mich mit nach draußen.

„Warte! Und die anderen?"

„Amüsieren sich ohne dich genauso gut."

Die Sonne erhellt noch immer den langsam dunkler werdenden blauen Himmel. Genüsslich strecke ich ihren letzten Strahlen meine Nase entgegen. Hand in Hand schlendern wir zum Neptuno, dem Brunnen an der Ecke. Seit Ewigkeiten unser Lieblingsplatz. Wie oft haben wir hier schon gelehnt, das Wasserrinnsal beäugt, das mit leichten Ermüdungserscheinungen in das trübe Wasserbecken tropft? Unseren ersten Liebeskummer bequatscht, Rezepte gegen Pickel ausgetauscht, Streiche ausgeheckt, Benjamin und ich …

Jetzt fummelt eben dieser Benjamin an seiner Jacke herum, zieht mit verlegenem Grinsen eine Art Paket heraus. „Für dich, so nachgeburtstagsmäßig sozusagen …", nuschelt er in seinen immer noch nicht richtig vorhandenen Bart.

Ich grinse ihn an und knuffe ihn in die Seite. „Nachgeburtstagsmäßig … logo … einfach verpennt hast du das denkwürdige Ereignis. Eigentlich sollte ich dir auf der Stelle unsere zwölfjährige Freundschaft kündigen …“

„Tja, dann nicht.“

Benjamin will doch glatt das Paket zurück in seine Jackentasche stecken, aber ich bin schneller.

„Nix da.“ Ein paarmal schnell geraschelt und das Teil ist ausgewickelt.

Ein quietschgelber Sony-Discman. „Mann, du spinnst ja. Das Ding kostet doch ein Vermögen …“

Benjamin zieht die Schultern hoch. „Für meine beste Freundin ist mir eben nichts zu teuer …“

Dafür bekommt er einen dicken Schmatzer.

„Hör mal rein.“

Reinhören ? Okay. „Wow! Der neue Song von Missy Elliot! Benjamin, du bist genial.“

„Ich weiß“, nickt Benjamin bedächtig. „Als Gegenleistung verlange ich lediglich freien Eintritt, wenn du die dicke Hip-Hop-Karriere machst und bei irgendeinem Star im Background mithüpfst.“

Mein Stichwort. „Gebongt. Sieht auch gar nicht so schlecht aus damit. Habe ich dir schon von der Entscheidung von ‚Dance for Fans‘ erzählt? In ein paar Wochen geht's um alles. Wenn ich das packe, dann goodbye Tulpen, auf

Nimmerwiedersehen Himmelfarths Blumengruß. Dann mache ich die ganz dicke Kohle und jobben im Blumenladen kannst du vergessen."

„Langsam, langsam. Noch sind Blümchen angesagt."

„... und du wirst unser Dance-Company-Koch ..."

„Najaaaa, mit so einer Truppe Mädels unterwegs ..."

„Alter Chauvi."

Benjamin grinst mich frech an, dann legt er vorsorglich seine Hände über die Ohren. Er weiß, was jetzt kommt. Immer, wenn er Stuss erzählt, ziehe ich an seinem Ohr, bis er um Gnade winselt. Ich muss kichern. Wir kennen uns einfach verdammt gut.

Benjamin kichert mit. Ich lehne meinen Kopf an seine Schulter, er legt seinen Arm um mich. Ein leichter Windhauch weht. Ich fühl mich gut bei ihm. Er ist wie ein älterer Bruder. Jedenfalls stelle ich mir das so vor – ich hatte ja noch nie einen. „Und jetzt erzähl mal, wie war denn dein Sommer?"

„Nix Aufregendes. Jede Menge Job, als Koch in der Lehre gibt's keine Sommerferien. Abhängen am Baggersee, basteln am Auto ..."

„Und die Mädels? Irgendwas Interessantes aufgetan?"

„Nicht wirklich. Und du, wie war's bei dir?"

„Bei Tante Irene am Timmendorfer Strand? Wie jeden Sommer. Bis auf …“

„Bis auf was …?“

„Die Timmendorfer Clique hat ein neues Mitglied. Mark. Supersüß“

Benjamin gibt mir einen Stups auf die Nasenspitze. „Oho. Unsere Kleine hat sich verknallt.“

„Verknallt? Nee, nicht richtig, ich fand ihn einfach nur niedlich. Nur so.“

Benjamin neben mir seufzt tief. „Schade. Weißt du was, ich finde, wir sollten uns langsam beide mal so richtig verknallen.“

„Wem sagst du das.“ Mein Seufzer ist mindestens so tief wie seiner.

2

Freitagabend, 21 Uhr. Die Küche ist ein Bombenkrater und das Restaurant „Zum goldenen Hirsch" überfüllt mit voll gefressenen Gästen. Rambazamba.

Leicht benommen hänge ich zwischen den gestapelten Schmutzpfannen, den verschmierten Arbeitsplatten und dem Herd, der ungefähr so fertig ausschaut wie ich. Das müssen gut an die vierzig Hauptspeisen gewesen sein, plus Extra-Saucen, warme Antipasti, Beilagen, Suppen und sonstigem Kleinkram. Jetzt gibt's nur noch in der kalten Küche, die vermutlich gerade mit Dessertbestellungen zugepflastert wird, Chaos. Soll Heiner, der unfähigste Ober der Welt, dort weiter nerven und darüber rätseln, wem wohl welches Menü zugedacht war. Wenigstens wird dort nichts kalt. Und meine Sorge ist das eh nicht mehr.

Mann. Was für ein Abend.

Befühle meine linke Handfläche. Scheiße. Hab mich vorhin an einer Gusseisenpfanne tierisch verbrannt. Dieser Arsch von Chefkoch hat die glühende Pfanne einfach in den Ausguss geknallt, wo ich Gebrauchtes wieder auf Vordermann bringe. Und ich voll drangegriffen. Von wegen mindestens zehn Minuten abkühlen lassen, war natürlich nichts, der Albrecht hätte mir die Pfanne um die Ohren geknallt. Zähne zusammengebissen und weiter. Gelacht hat er sogar noch. Der mit seinen Händen aus dem gleichen Material wie die Fußsohlen eines 80-jährigen Elefanten. Fünf Minuten später hatte ich eine Blase so groß wie ein Fußballfeld. Sieben Minuten später war sie aufgeplatzt.

Albrecht, dieser Schinder. Und der Ruchberger, der Boss vom „Hirsch", ist nicht besser. Die beiden sind getragen von der Überzeugung, dass Kochlehrlinge zum Leiden bestimmt sind. So leide ich denn.

„Mann, Benni, meinste die Küche räumt sich von alleine auf oder was?", brüllt Albrecht.

„Nein, Chef", murmle ich und zupfe ein Häutchen von meiner Blase weg. Aua, tut tierisch weh.

„Na denn", faucht Albrecht. „Das Pfötchen wird dir schon nicht abfallen ..." Er grinst zufrieden und boxt mir schmerzlich, wenn auch gönnerhaft, gegen die Schulter. Dann reißt er sich die Schürze weg und fetzt sie zu den schmutzigen Handtüchern.

„Das muss alles glänzen, Junge." Sagt's und zieht von dannen. Wohl, um mit dem Ruchberger ein Bierchen zu kippen oder um sich bei den Gästen einzuschleimen. Oder beides. Na ja – niemand hat jemals behauptet, das Leben sei fair.

Dicker Seufzer.

Ich reiße den Spülschrank auf, tische den Chemikalienpark auf und lege los. Herdplatten einweichen, Giftklasse fünf in den Umluftofen, volles Rohr auf die eingetrockneten Essensreste. Es dampft, mieft durchdringend nach Essig und Zitrone, scheppert und spritzt und eine passable Küche kommt allmählich zum Vorschein.

Dabei ist die Putzerei gar nicht so schlimm. Das Schlimmste ist sowieso der Stress, wenn der leere „Hirsch" sich in zwei Minuten füllt und alle sofort ihr Essen wollen. Boah, und Albrecht und Ruchberger, die im Duett schreien. Und mein Name kommt in jedem Refrain dieser Arie vor. Beim Putzen kann ich meine Gedanken ziehen lassen, und im Grunde ist es mir ganz recht, dass sich der Albrecht aus dem Staub gemacht hat. Dann habe ich wenigstens meine Ruhe.

Manchmal denke ich dann, dass man eigentlich einen völlig falschen Eindruck vom Kochen bekommt, wenn man uns hier kämpfen sieht. Denn Kochen ist nichts anderes als eine Kunst. Kürzlich habe ich mal in der Zeitung einen Artikel über „vergängliche Kunst“ gelesen, da haben irgendwelche Typen in der Wüste Was-weiß-ich so Spuren in den Sand gebastelt. „Kunst für den Moment“ nannten die das und fanden es furchtbar neu. Doch genau das machen die Köche dieser Welt – mit Ausnahme von Albrecht natürlich – schon seit 5000 Jahren, indem sie nicht nur Essen zubereiten, sondern ...

„Na, Monsieur Misenplace? Ganz versunken in deine Lieblingstätigkeit?“ Chen steht grinsend in der Tür. Seine kleine, kräftige Silhouette ist unverwechselbar. „Aber, wie schon der Meister sagte: Es ist die Geste, die die Kunst ausmacht, nicht das Produkt.“

Als hätte er eben meine Gedanken gelesen. Typisch Chen. Ich schnaube viel sagend. „Mann, das war die Hölle heute.“

„Und Albrecht ist der Teufel, was?“, schmunzelt Chen, ohne sich die Bohne darum zu kümmern, ob der Chefkoch nicht zufällig gerade hinter ihm steht.

„Sollte er sich je als der herausstellen, ich wäre kein bisschen überrascht“, murmle ich. Aber Chens aufmunternde Art tut mir gut. Das hilft fast immer.

„Hast du noch lange?“, fragt mein asiatischer Freund – obwohl er ja meines Wissens noch nie in China war und auch nicht das R als L ausspricht, wie in diesen billigen Filmen. Chen kneift die Augen zusammen: Eben hat er meine Verbrennung entdeckt und fasst blitzschnell nach meiner Hand. „Mensch“, murmelt er ernst und betrachtet die offene Stelle, „mach da was drauf. Der Körper ist so wichtig wie die Seele.“

Chen macht Kung-Fu. Etwas, wofür ich ihn extrem bewundere. Man sieht ihm das einfach an. Zum einen seinen Proportionen, Mann, nicht so groß und dünn wie ich, Chen ist ein zähes Muskelbündel, so lang wie breit. Man merkt es aber auch seinen Bewegungen an und einer gewissen Ruhe, die er ausstrahlt. Witzigerweise ist seine Freundin Mônica in so ziemlich jeder Beziehung das genaue Gegenteil von ihm. Im ersten Moment scheint es, als würden sie so gar nicht zueinander passen. Sie ist eine zierliche, ja fast dünne Brasilianerin mit verträumten grünbraunen Augen. Und im Gegensatz zu Chen mit seiner panterhaften Ruhe ist sie dauernd am rumhypern.

„Wenigstens ein Desinfektionsmittel“, sagt Chen, noch immer meine Blase begutachtend. „Und ein Pflaster.“

Ich verdrehe die Augen. „Bei diesem Job verliere ich jedes Pflaster in spätestens fünf Sekunden.“

„Tu es – und dann verlassen wir diesen Ort des Wehklagens.“ Er umfasst kräftig meine Schultern.

Ich nicke. „Ich geh schnell duschen und treff dich draußen.“

„Alles klar, Benjamin. Beim Neptuno-Brunnen.“

„Herzeigen“, befiehlt Chen. In seiner Lederjacke sieht er noch breiter aus.

Ich halte meine linke Hand hin.

„Brav“, quittiert er mein Pflaster. Ich setze mich zu ihm und lehne mich gegen die kühle Mauer des Springbrunnens. Das Plätschern des Wassers aus den fünf Öffnungen hat eine beruhigende Wirkung. Ich merk erst jetzt, wie kaputt ich bin. Ein letzter Hauch von Tageslicht hängt über uns, die Sterne glänzen. Ich strecke meine Hand aus und decke einen mit dem Daumen ab. „Manchmal“, murmle ich, „möchte ich einer von ihnen sein. Sie stehen ganz ruhig und selbstsicher da oben und dieser ganze Müll hier unten geht ihnen am Arsch vorbei.“

Chen schweigt eine Weile.

„War es so schlimm heute?“, fragt er schließlich.

Ich zucke die Schultern. „Na ja, an den ‚Hirsch‘ habe ich mich allmählich gewöhnt.“

„Daheim?“, fragt Chen leise.

Ich antworte lange nicht.

Irgendwo johlt ein Besoffener seine Lebensgeschichte durch die engen Gassen der Altstadt. „Diese ewige Streiterei, dieses Hin und Her, ich habe es so satt“, murmle ich.

„Vielleicht wird es wieder besser ...“

„Quatsch“, brummle ich. „Manchmal habe ich eher das Gefühl, meine Eltern bleiben nur noch wegen mir zusammen. Martin und Thomas sind ja bereits ausgeflogen, jetzt warten die Rafaniellos noch auf Nesthäkchen Benjamin.“ Ich seufze tief. „Irgendwie bin ich fast schon froh, dass die beiden eh nie zu Hause sind ... weiß der Teufel, wo die immer stecken ... alleine bin ich sowieso.“

Chen faltet nachdenklich die Hände. „Tja ...“, sagt er ratlos. Und wir blicken beide zu den Sternen hoch.

3

Der erste Schultag nach den Sommerferien hat was von gefüllten Paprikaschoten. Warum muss die leckere Hackfleisch-Füllung unbedingt in ein schwabbeliges Stück Gemüse gedrückt werden? Warum kann man nicht Schulfreunde treffen, quatschen, Blödsinn machen ohne Pauker, Hausaufgaben, Lernstress?

Ich bin spät dran, husche knapp vor dem Anpfiff ins Klassenzimmer. Sonja hat mir wie immer einen Platz freigehalten. Sie hockt mit verschränkten Beinen da und spielt mit ihren Haaren. Mein Rucksack landet unter dem Tisch, dann widme ich mich Sonja. Seit meiner Fete vor drei Tagen haben wir uns nicht mehr gesehen. Immer wieder hab ich versucht sie anzurufen, doch sie wollte partout nicht mit mir reden. Jetzt kann sie mir nicht mehr ausweichen. Behutsam lege ich meine Hand auf ihre Schulter. „Mensch, Sonja, sag doch bitte endlich, was passiert ist!"

Sonja wickelt eine Haarsträhne um den Zeigefinger und untersucht ihre Haarspitzen. Ihre Lippen sind zusammengekniffen, die Mundwinkel zeigen steil nach unten.

„Verdammt, ich mach mir Sorgen um dich. Du –"

Doch ehe ich sie weiter bedrängen kann, reißt der Sommerfeld, unser alter und neuer Deutschlehrer, mit Elan die Klassentür auf. Labert irgendwas von wegen neues Spiel, neue Chance und rattert den Lehrplan für das Schuljahr runter. Mich interessiert nur eins: Hat Sonja mit Tobias in unserem Keller oder hat sie nicht …

Sie hat. Nach der Schule rückt sie endlich raus mit der Sprache. Wie ein Häufchen Elend hängt sie auf der Bank im Schulhof, scharrt mit den Schuhen kleine Halbkreise in den Sand und packt aus. Ich sitze neben ihr und halte Händchen. Tobias hat sie irgendwie voll überrumpelt. Sie den ganzen Abend angebaggert, ihr Komplimente wegen ihrer tollen Haare und ihrer schönen braunen Augen gemacht, sie in den Keller gelotst, was von großer Liebe gelabert und sich an sie rangemacht.

„Ich hab Tobias gesagt, ich will das nicht, nicht so schnell", stammelt Sonja. In ihren Augen glitzern Tränen. „Ob ich denn nicht mit ihm gehen will, hat er dann gefragt. Na ja, er ist schon verdammt süß und ich hätte doch so gern einen Freund …“

„Und? Weiter …“

Sie schluchzt. „‚Wenn du wirklich willst, dass wir fest zusammen sind, dann musst du es mir beweisen‘, hat Tobias gesagt, mich geküsst, gestreichelt, erst meine Bluse aufgemacht, dann meine Hose, und dann ging alles ziemlich schnell. Und ich will ja echt mit ihm gehen …“

Pause.

Puh. Heftig. „Mann, bist du bescheuert, Sonja“, rutscht es mir raus. „Ausgerechnet Tobias, der Typ ist hinter allem her, was nicht schnell genug auf dem Baum ist, das weiß doch jeder … wie kannst du dich nur mit diesem Macho einlassen …?“

Sonja schluchzt wieder. „Ich dachte, er meint es ernst. Er war doch schon so lange in mich verliebt – hat er gesagt.“

„Und? Gehst du jetzt mit ihm?“

Sonja senkt den Kopf. „Das hab ich Tobias danach auch gefragt. Er … er hat nur blöd gegrinst und ist dann verschwunden.“

„Scheißkerl. Der Typ hat dich total verarscht.“

„Das weiß ich jetzt auch“, schnieft Sonja.

Ich weiß nicht, was ich sagen soll. Mir fällt nichts Passendes ein. Nichts, was sie trösten könnte. Im Gegenteil, alles, was mir dazu einfällt, ist sogar ziemlich beunruhigend. Ich lege den Arm um sie. „Aber ... ihr habt doch wenigstens verhütet?", frage ich vorsichtig.

Sonja schnauft verächtlich. „Tobias hatte 'ne Großpackung Kondome dabei ..."

Wenigstens etwas. „Tja." Hilflos drücke ich sie noch fester an mich. Sie tut mir total Leid. Das erste Mal mit so einem Kotzbrocken ... muss höllisch weh tun. Aber irgendwie hätte mir klar sein müssen, dass so was passiert. An jeden Typen hat Sonja sich in letzter Zeit rangeworfen, sogar bei Benjamin hat sie es versucht. Erfolglos natürlich. Sonja schluchzt in meine Jacke.

Ich wünschte, ich könnte etwas sagen, das ihr hilft. Ihre Tränen, ihre Traurigkeit wegzaubert. Alles ungeschehen macht. Sonja ist meine Freundin. Wir kennen uns seit der ersten Klasse. Meine beste Freundin? Hm, meine beste „Freundin" ist eigentlich Benjamin. Ich streichle beruhigend über ihre langen, dunklen Haare. Traumhaare, ich beneide sie darum. Meine haben so eine undefinierbare rotblonde Farbe. Sonjas Kopf taucht langsam wieder aus meiner Jacke auf. „Bestimmt lacht schon die ganze Schule über mich."

„Nein, glaub ich nicht." Obwohl – vermutlich hat Tobias wirklich schon jedem in allen Einzelheiten von seiner neuesten Eroberung erzählt.

Sonja richtet sich auf. Ihre Augen sind kaninchenrot. „Doch, die sehen mich alle schon so komisch an … hast du ein Taschentuch?"

Ich gebe ihr eins, dabei fällt mein Blick auf meine Uhr. Mist. Schon so spät. „Du, tut mir Leid, aber schätze, ich muss los. Du weißt doch, der Tanzwettbewerb. Wenn ich jetzt nicht jeden Tag trainiere, habe ich null Chance."

„Klar." Sonja nickt tapfer. „Und nach deinem Training? Können wir dann weiterquatschen?"

Ich schultere meinen Rucksack. „Geht leider nicht, das Training ist heute extralang, aber morgen in der Schule …"

Wir gehen zu unseren Fahrrädern. Ich marschiere, Sonja trottet mit gesenktem Kopf hinter mir her.

Sie tut mir so Leid. Ich nehme sie in den Arm. „Aber wenn's dir schlecht geht oder so, du kannst mich jederzeit anrufen, okay? Und wenn's total schlimm wird, kommst du einfach. Wir machen uns einen Riesenpott Schokoeis auf und quatschen die ganze Nacht durch."

Sonja nickt. „Danke … Bis morgen."

„Ciao." Ab durch die Mitte. Ich weiß, es ist nicht ganz

okay, aber ich bin ganz froh, dass ich von Sonjas Problemen wegkomme. Ich hab genug eigenen Stress. Die Tanzerei, der Job im Blumenladen ... Der einzige Trost ist, dass ich für heute Abend nach dem Training ein Date mit Benjamin habe. Neue chinesische Rezepte will er ausprobieren. Und ich bin das Versuchskaninchen.

Das Training war heute tierisch hart. Drei Stunden Hip-Hop total. Gerade mal eine mickrige Pause hat uns Géraldo gegönnt. Mein rechter Oberschenkel tut weh, mein linkes Knie ist bestimmt dunkelrot, mein Magen knurrt. Nach der Schule bin ich schnurstracks nach Hause, habe mir nur schnell ein Schinken-Käse-Panino reingezogen, bin dann gleich ab zum Tanzen. Ich kann kaum noch radeln. Benjamins Haus. Mit letzter Kraft schleppe ich mich in den Hinterhof, parke mein Rad. Jetzt kann ich echt Stärkung vertragen.

Mmmmm. Es duftet schon im Treppenhaus. Ich folge meiner Nase bis zur Wohnungstür. Dreimal lang, dreimal kurz geschellt und Benjamin macht auf. Auf seinem Lockenkopf eine Kochmütze, die Schürze so bunt beschmiert wie das Gemälde eines Impressionisten. Er winkt mich mit dem Kochlöffel hinein. „Hi, Catharina, du kommst genau richtig."

„Ich sterbe vor Hunger."

Rafaniellos große Wohnküche ist der gemütlichste Ort der Welt. Ich liebe sie. Auf dem Herd brutzelt ein großer Wok und überall stehen kleine Töpfe mit irgendwelchen Mischungen.

„Setz dich“, dirigiert Benjamin. Er zieht drei Schälchen aus dem Schrank und baut sie vor mir auf. „Deine ehrliche Meinung.“

„Wie immer.“

Er rührt in seinen Töpfen. „Wie lief's im Training?“

„Gut … Melanie hatte wieder ein neues Outfit, bestimmt schweineteuer. Die hat's echt gut … Wenn ich was Neues brauche, muss ich Blumen ausliefern …“

„Ach ja“, seufzt Benjamin. „Das Leben ist so ungerecht. Voilà, der erste Durchgang.“ Er füllt ein buntes Gemisch Irgendwas in das Schälchen und beobachtet erwartungsvoll, wie ich den Löffel in meinen Mund schiebe.

„Und, wie ist das …?“

Meine Geschmacksnerven arbeiten. „Hmmm, okay, es schmeckt … etwas süßlich, aber auch leicht sauer … ein interessanter Geschmack.“

„Scharfer Honig-Kohl mit Weißweinessig und Frühlingszwiebeln – also nicht der Hit“, nickt Benjamin und widmet sich wieder seinem Wok.

„Ich hab ein total schlechtes Gewissen.“

Benjamin streut eine Prise Gewürz in den Topf und hackt irgendwelches Gemüse. „Warum?"

„Wegen Sonja. Sie hat mir heute von der Party und Tobias erzählt und ich hab sie ein bisschen abgewürgt."

Mein Privatkoch füllt die zweite Schüssel. „Und, hat sie mit Tobias?"

„Ja, und jetzt tut's ihr Leid. Er wollte sie nur schnell rumkriegen."

„Ganz schön naiv, die Gute. Jeder weiß, dass Tobias Strichlisten führt. Na, wie schmeckt das?" Mit der Holzkelle schabt er Menü zwei in meine Schale, ich erkenne Glasnudeln, Hackfleisch und Paprikaschoten.

„Lecker", nicke ich mit vollem Mund. „Um drei Klassen besser als das andere ... das erste Mal, und dann so ein Reinfall ..."

Benjamin rührt schon wieder in seinem Topf. Es dampft und zischt wie wild. „Wie gesagt, selber schuld."

„Ja, aber trotzdem. Wenn ich das erste Mal mit einem Typen schlafe, dann muss das total wunderschön, superromantisch und unvergesslich werden."

Benjamin kippt das letzte Schälchen voll. „Und was bitte ist für euch Girls superromantisch ...?"

Ich rühre mit dem Löffel einmal durch das Schälchen. „Das volle Programm, Kerzen, ein wunderschön gedeckter

Tisch, rote, langstielige Baccararosen, Champagner, softe Musik und ein süßer Typ, in den ich total verliebt bin."

„Weiter, aber vergiss nicht zu probieren ..."

„Jaja, schmeckt lecker ... also, es ist dunkel, wir tanzen, ganz eng, er streichelt durch mein Haar, er küsst mich ganz zärtlich, ich ihn auch, er streichelt mich, na ja, und dann sinken wir eng umschlungen ..."

„... auf den Tisch, die Kerzen fallen um, setzen den Tisch, das Zimmer, das Haus in Brand ..."

Dafür knuffe ich ihm meinen Ellbogen in die Seite. „Benjamin, du bist so was von unromantisch. Mir tut deine Freundin jetzt schon Leid ... natürlich nur, falls du jemals eine finden solltest ...", pruste ich los.

Benjamin zieht eine Grimasse. „Haha, sehr witzig."

Wirklich witzig, brummle ich in Gedanken noch einmal. Scheint eine sonderbare Angewohnheit bester Freundinnen zu sein, Salz in offene Wunden zu streuen wie unsereins in den dampfenden Wok.

„Und warum lässt sich dann eine Sonja von so einem Typen wie Tobias abschleppen?", zischle ich gehässig. „Hat er sie etwa mit einer Baccararose in den Keller gelockt?"

Catharina hält im Kauen inne und guckt mich schief an.

„Sag mal, bist du sauer?“, fragt sie schnippisch mit vollem Mund. Ihre Haare schimmern rot und fallen ihr wie kleine Flammen auf die Stirn.

Etwas verlegen rühre ich in der Pfanne, schmeiße die rohen, geschälten Garnelen rein – leicht anbraten, bis sie ihre graue Farbe verlieren. Dann mit einem Esslöffel trockenen Sherry und Schalotten drüber, dann etwas Ginger-Orangensauce drauf, bis es wie wild dampft. Zuckerschoten mit Garnelen, mein Highlight.

„Na ja“, murmle ich in die duftenden Dampfschwaden. „Mir kommt es nur selten so vor, als suchten die Girls wirklich einen romantischen Typen. Melanie zum Beispiel, mit ihren knallengen Shirts …“

„Mensch, Benjamin, Melanie ist doch echt eine Tussi …“

„Hey, ich …“, ich fahre zu ihr herum und schwinge die Kelle, „ich … bin echt ein romantischer Typ …“ Catharina guckt mich etwas verdutzt an.

„Ich meine …“, stottere ich, „jetzt nicht wegen Melanie, oder so …“, oh Mann, was erzähle ich da für einen Käse, „… mehr so generell.“

Catharina faltet die Stirn. „Aha“, sagt sie. „Generell.“

Dann prustet sie los, die Hand vor dem Mund. Und irgendwie muss ich auch lachen. Ich schmeiße den Kochlöffel in den Wok und lass mich auf einen Stuhl fallen. Generell romantisch. „Okay, vergiss es“, winke ich grinsend ab, „schmeckt dir wenigstens mein Essen?“

„Echt super, vor allem das hier“, kichert Catharina und nickt eifrig. Die süßen Garnelen, wusste ich's doch. Ich packe ein Paar Stäbchen und stibitze ihr ein Stück vom Teller. „He“, sagt sie scherzend und wehrt sich kräftig mit ihrer Gabel. Ein richtiges, kleines Gefecht. Wir lachen beide. Gut, dass sie da ist, ich fühle mich irgendwie geborgen und wohl in ihrer Nähe.

Nach einer Weile meint sie: „Hey, Benjamin, ich weiß, dass du ein romantischer Typ bist.“

Ich sage nichts. Winke ab.

„Baccararosen, was?“

„Mmmh!“

„Meinst du“, frage ich, „es wäre einfacher, wenn ich schwul wäre?“

Catharina horcht auf. „Na, dann schau mal deinen Bruder Thomas an. Genau die gleichen Geschichten …“

Ich zucke die Schultern. „Auch wieder wahr …“ Thomas hatte mit seinen Freunden zehnmal so viel Herzschmerz wegen Verliebt- und Verlassensein wie Chen wegen Mônica.

Wer die Wahl hat, hat die Qual. Wer nicht, der auch.

4

Wie jeden Donnerstagnachmittag hocke ich in „Himmelfarths Blumengruß“. Auf einem hellblauen hölzernen Schemel und drehe Däumchen. Das ist seit Generationen der Blumenladen meiner Family. Doch seit in den großen Einkaufszentren am Stadtrand Blumen- und Pflanzenshops wie Pilze aus dem Boden sprießen, läuft das Geschäft bei uns ziemlich lau. Der Renner sind unsere bunt zusammengewürfelten Tulpensträußchen für neun Mark achtzig, die draußen vor der Ladentür Kunden anziehen sollen. Total heiß finde ich die Variation in Lila. Fast wie Lila Pause. Mir ist stinklangweilig.

„Nimm doch deine Bücher mit, im Laden kannst du wunderbar lernen“, schlägt mir Mam immer vor, wenn ich mich um den Ladenhüterdienst drücken will. Toll. Alles ist feucht, es stinkt tierisch nach was weiß ich für Pflanzen oder Blumen, es ist höllisch unbequem, und hier soll ich lernen … No way. Ich drehe am Radioknopf. So ein vorsintflutliches Teil, das noch per Hand bedient werden muss. Ich habe Papa schon vorgeschlagen eine richtig geile Anlage aufzustellen. Heißer Latino-Sound, dazu ein paar coole Drinks und der Blumengruß würde laufen wie die Hölle. Marketing und PR sind alles heutzutage, weiß doch jeder. Aber Papa hat damit nichts am Hut. Der Laden ist schon immer so und so wird er auch bleiben. Tradition überlebt, ist sein Motto. Mir soll's recht sein. So wie sich Mam und Papa immer wegen zu knapper Kohle zoffen, bleibt es mir, Catharina Himmelfarth, voraussichtlich erspart, die Tradition weiterzuführen. Das Radio bringt's heute auch nicht. Frank Sinatra. Gähn. Marianne Rosenberg. Hilfe! Michael Jackson. Alter Hut. Also keine Musik. Ich krame mein Handy aus dem Rucksack. Kurzwahl zwei. Für Sonja. Kurzwahl eins gehört Benjamin.

„Sonja? Wie geht's dir?"

„Ganz okay." Sonjas Stimme klingt matt.

„Dir geht's nicht gut, oder?"

„Na ja …", druckst sie herum.

„Sag schon, was ist los?"

Sonja holt tief Luft. „Ich hab vorhin Tobias angerufen."

„Was? Wieso denn? Spinnst du total?"

„Ich wollte mit ihm reden …“

„Und?“

„Nichts.“

„Wie, nichts?“

„Nur dumm rumgelabert. Irgendwas von One-Night-Stand und zu viel Bier gefaselt.“ Sonjas Stimme zittert bedenklich.

„Scheißkerl.“

Pause. Dann: „Was soll's. Jetzt ist wenigstens alles geklärt.“

„Und wie geht's dir damit?“

Sie schluckt. „Ich werd's überleben“, stammelt sie dann tapfer.

„Willst du vorbeikommen? Soll ich dich nach meiner Schicht besuchen?“

Ding-dong. Die Ladentür. Ein Typ, ein paar Jährchen älter als ich, kommt rein, sieht sich suchend um.

„Kann ich Ihnen behilflich sein?“, frage ich, ganz Geschäftsfrau.

Er zwinkert mir zu. „Kannst ruhig zu Ende telefonieren.“

Dafür bekommt er mein schönstes Lächeln. Sieht überhaupt gar nicht schlecht aus. Knackenge Jeans, schwarzes T-Shirt, raspelkurze Haare, olivfarbener Teint. Nicht übel …

„Also, was ist?“, frage ich Sonja, ohne den Typen aus den Augen zu lassen.

„Nee, schon okay, Catharina. Ich möchte einfach ein bisschen allein sein.“

„Sicher? Und du machst keinen Blödsinn?“ Der Typ steckt seine Nase gerade in eine langstielige weiße Rose.

„Versprochen. Mach dir keine Sorgen.“ Ihre Stimme wird ernst. „Echt, Catharina, es fühlt sich beschissen an, wenn man sich hat so ausnutzen lassen. Benutzt und weggeworfen, wie ein … ein Handtuch.“ Ihre Stimme bebt.

„Das geht vorbei, du wirst sehen. Du kennst doch den Spruch: Die Zeit heilt alle Wunden. Irgendwann wachst du morgens auf und es tut nicht weh. Und dann wirst du dich wieder verlieben. In einen netten Typen, der dich verdient hat …“

„Ja, aber …“

„Nix aber. Sicher.“

Pause. Schweigen. „Ich hoffe nur, ich bin nicht schwanger …“

„Wie?“ Mir fällt beinahe das Handy aus der Hand. Moment. Moment, Moment.

„Aber … du hast doch erzählt, ihr hättet mit Kondom …“

Wieder Schweigen am anderen Ende. „Ich hab gelogen …

ich … ich hab mich so geschämt …", kommt es ganz leise. „Er hatte Kondome dabei, aber dann ging alles so schnell …"

Krass. Voll krass. „Puh! Sonja …"

„Ich weiß, ich weiß, ich weiß, ich war supermegadämlich. Aber ich schwör dir, so was passiert mir nie wieder …"

Der Typ steigt mittlerweile schon etwas ungeduldig von einem Fuß auf den anderen, lächelt aber immer noch extrem süß. Er gefällt mir. Ich ihm wohl auch, denn sonst wäre er bei dem Service wohl schon längst in den nächsten Blumenladen entschwunden.

„Du, ich muss Schluss machen. Ein Kunde. Ich ruf dich später noch mal an. Dann reden wir weiter. Mann …"

„Okay."

„Tut mir Leid", rufe ich meinem Kunden zu.

Er zwinkert mir zu. „Kein Problem, bei einer so hübschen Blumenverkäuferin wartet man gerne."

„Danke." Nicht nur süß, sondern auch noch ein Gentleman. Wenn er mich jetzt nach einem Date fragt? Heute Abend würd's gut passen. Obwohl, niemals ein Rendezvous gleich für den ersten Abend akzeptieren, steht überall. Zappeln lassen, ist die Devise. Etwas verlegen vergrabe ich meine Hände in den Hosentaschen. „Also, welche Blumen möchten Sie … du …?"

Er sieht mir tief in die Augen, überlegt eine Sekunde. „Worüber würdest du dich zum Beispiel freuen?"

Mein Herz schlägt einen Tick schneller. „W...wie ... ich ... wieso?"

„Na ja, du bist doch die Blumen-Expertin."

„Hmmmm, mal sehen, ich würde ..." Mein Blick wandert durch den Laden. Ein fetter Strauß Baccararosen, das wär's. Schweineteuer. Würde auch Papa freuen. Aber man will ja nicht unverschämt sein.

„Also, ich würde mich total über einen lilafarbenen Tulpenstrauß freuen."

Der Typ grinst mich breit an. „Spitzenidee. Siehst du, gut, dass ich dich gefragt habe. Darauf wäre ich alleine nie gekommen. Meine Freundin steht auch total auf so ausgeflippte Sachen."

„Meine Freundin". Na toll. Fehlanzeige. Genial. Hätte ich ihm doch einen dicken Rosenstrauß empfohlen.

Martin schiebt sorgfältig die lange Neonröhre unter den bierdosengroßen Ölfilter. Ich stehe auf der Stoßstange der fünfzigjährigen Lady, um besser unter die geschwungene Motorhaube sehen zu können.

„Hier", flüstert Martin andächtig, „Luftfilter mit Ölbad, Zuleitung hier, Vergaser, Drosselklappe, Zylinderkopf." Sanft streichelt er über die mattschwarzen Teile. „Und von da, Zündverteiler, via die schwarzen Kabel auf die Kerzen." Schwer und erhaben ruht der alte Motorblock in der Mitte all dieser Teile, die – so sie funktionieren – den alten Willys Jeep CJ-3A auf fast neunzig Sachen bringen. Echte amerikanische Wertarbeit.

„Und jetzt", sagt Martin, „schau hier." Er zeigt auf eine feuchte Spur, die unter dem Zylinderkopf hervorquillt. „Undicht! Die Kopfdichtung." Martin sagt das wie ein berühmter Arzt, wie ein erstklassiger Chirurg. Doktor med. Martin Rafaniello. Mein Bruder. Ich liebe diese besondere Art an ihm.

„Deshalb das Öl im Kühlwasser?", frage ich.

„Ja", sagt Martin, „deshalb hat er auch so weiß geraucht." Er wischt sich die Hände mit einem Lappen ab. „Da muss die alte Dichtung raus, kein leichtes Unterfangen, aber anders bringen wir das Baby nie auf Touren." Er betastet die feuchten Schrauben wie ein Röntgenbild. „Hilfst du mir?"

Meine Augen leuchten. „Na klar! Du weißt doch, dass ich das alte Auto liebe!"

Führerschein hin oder her, es gibt nichts Geileres als einen alten Jeep – oben offen, laut wie die Hölle und ruppig wie ein störrischer Esel. Wenn wir wieder was repariert haben, lässt mich Martin eine Runde drehen, bei uns im Innenhof hinterm Feinkostladen oder in der Kiesgrube beim Fluss unten.

Ich hocke mich auf den breiten Kotflügel.

„Also." Martin notiert sich die Ersatzteile. „Schwierige Operation, aber nachher ist er wie neu. So gut wie 1949, als er das Licht der Welt erblickte." Er lächelt zufrieden.

„Wenn nur alles so einfach wäre", murmle ich.

Martin hebt verständnisvoll die Augenbrauen.

„In meinem Leben müsste man auch mal die Zylinderkopfdichtung auswechseln", sage ich leise.

Martin knipst die Neonröhre aus, die Garage, ein alter Lagerkeller, wirkt gespenstisch. Leise klappt er die Motorhaube zu.

„Ich weiß, was du meinst", antwortet er.

Langes Schweigen. Das liebe ich so an meinem großen Bruder, er quasselt nicht die ganze Zeit. Gerade, wenn man etwas Schwieriges zu erzählen hat. Die meisten quasseln immer. Er nicht. Mein Freund Chen auch nicht. Catharina manchmal, aber nie wenn es wirklich erst wird.

„Wie läuft's denn so mit Mama und Papa?"

Martin wohnt schon lange nicht mehr zu Hause, seit er

zwanzig ist. Er arbeitet als Spengler außerhalb. Lässt sich nie mehr daheim blicken, was ich ihm nicht verdenken kann.

„Ich habe das Gefühl, es wird immer schlimmer", antworte ich. „Der Laden läuft auch nicht mehr so richtig. Für Feinkost haben die Leute wohl keine Kohle mehr. Die kaufen alles im Supermarkt." Ich streichle sanft über die Motorhaube und die ins Metall eingelassene Prägung. WILLYS.

„Manchmal denke ich, ich komm heim und beide sind weg. Auf Nimmerwiedersehen. Ich weiß nicht, ob ich mich davor fürchten soll – oder darauf hoffen."

Martin nickt. „Thomas ist auch ausgezogen, nicht wahr?"

„Ja, wohnt jetzt mit seinem Freund zusammen."

„Der verrückte Künstler?"

Ich muss lachen. „Ja, der verrückte Künstler."

Ich erinnere mich noch sehr genau, wie Thomas mich mal mitgenommen hat in dieses Atelier, wo sie aus irgendwelchen Kunstharzen bizarre Figuren zusammengeknetet haben. Knallrot oder knallblau. Thomas hat es „sinnliche Formen" genannt, aber mir war das alles irgendwie zu bunt im wahrsten Sinne des Wortes, eher sinnlos als sinnlich.

„Na, wenn er Freude daran hat", sagt Martin und er sagt es ohne jede Ironie. „Wichtig, dass man etwas tut, woran man Freude hat. So wie wir mit unserer Lady", er lächelt mich an und klopft auf die Kühlerhaube, „manche würden es wohl auch nicht verstehen“, und er hält demonstrativ seine öligen Finger vor meine Nase.

Ich beginne beim Waschtrog meine Hände mit Spezialseife einzureiben. Der Albrecht hat mich genau einmal in der Küche mit schwarzen Fingernägeln erwischt und mich fast filetiert.

Martin ordnet nachdenklich die Zollschlüssel. „Aber Papa hat das mit Thomas verkraftet?“, fragt er nach einer Weile.

Mann, das war ja auch ein Affentheater mit Thomas' Coming-out. Irgendwie haben wir doch alle gewusst, dass er homosexuell ist – sogar Mama, die erst mal eine Szene hingelegt hat. Als ob das etwas geändert hätte. Und Papa? Wohl eher der stille Leider. Einmal hat er betrunken was von „Vernachlässigung der elterlichen Pflicht“ gebrabbelt, so als ob Schwulsein eine Krankheit wäre. Ein Versehen. Ich finde, Thomas kann doch wirklich nichts dafür. So ist er eben – auch wenn ich mir nicht vorstellen könnte mit einem Typen zu schmusen.

Ob Papa darüber hinwegkommt? „Ich glaube, das wird er nie“, sage ich. Ich seufze tief. „Ich fürchte, Mama und Papa werden das alles nie begreifen.“ Und denke: Thomas nicht und mich ebensowenig. Vielleicht auch nur, weil sie es gar nicht wollen.

„Hey, mach nicht so ein Gesicht." Während ich am Händewaschen bin, beginnt er mich zu kitzeln. „Hey", brülle ich lachend, „das ist nicht fair." Als er nicht aufhört, greife ich nach ihm und das Wasser spritzt uns ins Gesicht. „Hältst du Duschen nicht für etwas übertrieben?", albert er herum, während er versucht dem Wasserstrahl auszuweichen.

Martin!

Dann legt er seine Hand auf meine Schulter. „Nimm Mama und Papa bloß nicht zu ernst. Sie haben ihr Leben, du deins. Und man kann auch bei seinen Freunden ein wenig zu Hause sein."

Stimmt.

Bei Catharina zum Beispiel.

Mist, jetzt kriechen mir irgendwie die Tränen hoch. Ich huste verlegen und klopfe Martin ungelenk auf den Rücken. „Zum Glück habe ich Catharina", murmle ich schluckend.

„Oh ja", sagt Martin und nickt. „Ein hervorragendes Mädchen. Wie lange kennt ihr beide euch eigentlich schon?"

„Seit gut zwölf Jahren", huste ich, „letzthin, beim Neptuno-Brunnen, haben wir's mal ausgerechnet."

„Eine lange Freundschaft“, sagt Martin andächtig. „Fast wie eine Familie.“

„Besser als das“, sage ich. „Catharina kann ich völlig vertrauen. Das kann ich in unserer Familie nur dir, Martin.“

Er schaut mich lächelnd an.

„Catharina ist für mich …“, ich suche nach den passenden Worten, „… ich meine, sie bedeutet …“, ich versuche den Satz mit meinen Händen zu formen.

„Hast du dir mal überlegt, ob da was zwischen euch beiden ist?“

Ich starre Martin verwirrt an. „Wie meinst du das?“

„Wie ich es sage“, antwortet er ruhig.

„Nee“, schießt es aus mir hervor. „Nee, das wäre gar nicht möglich, ich meine, wir sind Freunde, das wäre ja blöd. Ich mein, da ist null Spannung. Wir kennen uns viel zu gut und …“

Martin sagt gar nichts.

„Wieso fragst du denn das jetzt?“, hake ich nach.

Er zuckt die Schultern. „So abwegig fände ich das nicht.“

„Ich aber schon“, entgegne ich bestimmt.

Martin kratzt sich einen dicken Brocken Seife und wäscht sich konzentriert die Hände. Seine Frage kurvt noch immer in meinem Kopf. Ich muss sie fast verscheuchen.

Seltsam.

„Was hältst du davon, wenn wir morgen in der Garage Brandenberg die neue Kopfdichtung organisieren?", fragt Martin schließlich.

Ich schüttle den Kopf. „Morgen kann ich nicht, hab Frühdienst und keine Zimmerstunde wegen dem Mise-en-place für das Bankett morgen Abend."

„Voll Stress?"

„Und wie. Der Albrecht wird mich mal wieder durch den Wolf drehen."

Martin schüttelt ärgerlich den Kopf. Er hatte schon immer einen ganz besonderen Hass auf Schinder wie Küchenchef Albrecht – oder auch den Ruchberger, den Wirt vom „Goldenen Hirsch".

Und morgen wird grausam, das ist jetzt schon klar. Ich frage mich, ob ich eines Tages Albrecht ins Gesicht sagen werde, was er für ein Arschloch ist. Ein tiefer Seufzer füllt meine Lungen. Oder, ob ich Melanie vielleicht einmal ins Gesicht sagen kann, dass ich mit ihr Sex haben will, hier und jetzt auf dem Fußboden. Ihre Brüste küssen will, einfach so. Oder Mama ins Gesicht sagen, dass Schwulsein auch okay ist.

„Manchmal", flüstere ich leise, „habe ich ganz schön Schiss vor dem, was da noch alles kommt."

Martin runzelt die Stirn. „Ich glaube, das haben alle. Immer wieder." Er grinst. „Auch Bill Clinton und Bruce Springsteen, auch Sean Connery und Arnold Schwarzenegger. Das ist das Leben. Das funktioniert eben nicht immer, wie es unserer Meinung nach sollte."

Ich muss lachen. „Bei uns allen müsste wirklich mal 'ne Zylinderkopfdichtung gewechselt werden, was?"

„Na, ein regelmäßiger Ölwechsel genügt schon", er zündet sich genüsslich eine Camel ohne Filter an. „Komm, Brüderlein. Feierabend", schmunzelt er und löscht das Licht.

„Sag mal", frage ich ihn auf dem Weg zur Tür. „Wie war eigentlich dein erstes Mal Sex?"

Martin sieht mich verdutzt an. Ich bin plötzlich selbst verwirrt. Mann, keine Ahnung, wie ich jetzt auf diese Frage komme.

Dann grinst er breit. „Benjamin, du glaubst doch nicht im Ernst, dass ich dir diese wundervolle Geschichte hier in diesem schmuddeligen Kellerloch zum Besten geben werde!"

„Okay", sage ich, „das ist eine Antwort ..."

Er dreht den Strom ab und schließt die Tür.

Bitte, bitte, Benjamin sei da, bitte, Benjamin, du bist meine letzte Rettung. So schnell mich meine Füße tragen, rase ich zur Werkstatt. Verdammter Mist. Ich hab alles verbockt. Wenn Benjamin jetzt nicht da ist, gibt's Riesenzoff zu Hause. Sie verbieten mir bestimmt das Tanzen, den Wettbewerb, alles, mein Leben ist ruiniert ... Benjamin, bitte, Benjamin ...

Völlig außer Atem bremse ich vor der Werkstatt. Mist, die Tür ist zu. Verschlossen. Weit und breit keine Menschenseele. Wie blöde rüttle ich mit einer Hand am Türgriff, mit der anderen halte ich den dämlichen Brautstrauß fest.

„He, Catharina, alles klar?“ Martins Stimme.

„Nichts ist klar, ist Benjamin da?“

„Gerade zur Tür raus.“ Martin sieht sich um. „Benjamin!!!“

Eine Sekunde später biegt Benjamin um die Ecke. „Was gibt's?“ Er steckt noch im ölverschmierten Blaumann. Steht ihm supergut. Macht ihn so maskulin, so männlich. Ob ich ihm das sagen soll? So als Kompliment? Oder Tipp, wenn er mal ein Mädel verführen will?

Martin deutet mit dem Kopf auf mich, zwinkert Benjamin kurz zu und verschwindet.

Benjamin sieht mich an, dann bricht der Mistkerl in schallendes Gelächter aus. „Wie siehst denn du aus?“

Ich weiß. Verstörter Blick, wirre Haare, knallrotes Gesicht und Brautstrauß in der Hand.

Benjamin greift mit feierlichem Ausdruck nach meiner Hand. „Catharina Himmelfarth, gibt es etwas, was du mir verschwiegen hast? Wer ist denn der Glückliche? Darf man gratulieren?“

„Blödmann. Du musst mir helfen. Es ist nicht witzig.“

Benjamins Gesichtsausdruck wird augenblicklich ernst. Er schließt die Werkstatttür auf und zieht mich hinein. Wir lehnen an der Kühlerhaube einer uralten Rostlaube. Könnte ein Jeep sein oder so was.

„Erzähl.“

„Ich hab total verschwitzt, dem Fahrer diesen blöden Strauß mitzugeben. Wenn das Ding nicht rechtzeitig bei der Hochzeit ist, gibt's Ärger ohne Ende. Hagenbuchers Tochter heiratet, du weißt schon, die mit der Boutiquenkette. Großkunden von uns. Noch. Wenn der Strauß nicht ankommt, ist's damit vorbei. Bestimmt kaufen die dann ihre Blumen auch beim Fischer“, stoße ich hervor wie ein Maschinengewehr.

„Dumm gelaufen. Aber wie soll ich dir helfen?“

„Du musst mich hinfahren. Die Hochzeit steigt in einem alten Stadel vor der Stadt. Bitte, Benjamin, bring mich hin.“

Benjamin fährt sich ratlos durch die wirren Locken. „Du bist gut“, murmelt er.

„Bitte!“

„Wie stellst du dir das vor? Ohne Führerschein, ohne Auto …“

„Und was ist das?“ Ich klopfe auf den Jeep. Bevor Benjamin protestieren kann, habe ich mich schon auf den Vordersitz geschwungen.

Benjamin lehnt beim Fahrersitz. „Mensch, Catharina, das kann ich nicht bringen.“

Ich versuche all meinen Charme zu bündeln und Benjamin zu bezirzen. „Bitte, lass mich nicht im Stich.“

Benjamin ringt immer noch mit sich. Immerhin hockt er jetzt schon auf dem Fahrersitz. Seinen Kopf lehnt er zurück. Seine Finger spielen mit einem Schlüsselbund in seiner Hosentasche. „Nee, Catharina, das ist nicht drin. Wenn uns die Bullen erwischen, komm ich in Teufels Küche.“

Jetzt die ganz schweren Geschütze. „Benjamin Rafaniello, wenn dir auch nur ein bisschen was an mir liegt, dann fährst du los.“

Benjamin sieht mich an. Dann dreht er endlich den Schlüssel im Zündschloss. „Also gut, aber wenn ich wegen dir im

Knast lande, dann musst du mir einen Kuchen mit Feile backen."

Ich beuge mich zu ihm und gebe ihm ein Küsschen auf die Wange. „Danke, Benjamin, du bist der beste Freund, den ich mir wünschen kann."

John Wayne würde sagen: „Irgendwann im Leben eines Mannes kommt der Punkt, wo er sich entscheiden muss."

Oh Mann, das kann eigentlich nur schief gehen. Wir werden rausfahren, die Polizei wird nur auf uns warten, mich grinsend nach meinem Führerschein fragen und dann einbuchten. Und das ist noch die bessere Variante. Die schlechtere könnte etwa so lauten: Wir verpassen einem 100.000 Mark teuren BMW einen Kratzer so groß wie der Grand Cañon, küssen mit unserem Jeep den nächsten Baum und Martin wird mit einer Flinte auf mich warten, wenn ich nach fünf Jahren Einzelhaft endlich entlassen werde.

Ich ziehe vorsichtig den Choke und taste mit der rechten Fußspitze nach dem Starter. Catharina klemmt sich den Brautstrauß zwischen die Knie und hält sich am Sitz fest.

Wuwuwuwuuuwuu, macht der Jeep unmotiviert.

„Wo ist das überhaupt, deine Hochzeit?", frage ich genervt.

„Bei der Kirche St. Verena, oben auf dem Stadthügel …“, antwortet Catharina.

Mit einer Salve von krachenden Geräuschen springt der Motor an, ich gebe sofort stoßweise Gas, damit er auf Touren kommt. Der Lärm ist höllisch. Doch nichts dagegen der Gestank: Aus dem Auspuff pustet dichter, weißblauer Rauch. Mist, die Zylinderkopfdichtung. Catharina hustet.

Ich lehne mich weit aus dem Jeep und schlage mit der flachen Hand auf den Türöffner der Werkstatt.

Der Raum füllt sich sekundenschnell mit Abgasen, wie in einem Katastrophenfilm. Da erscheint ein Lichtspalt und die Tür öffnet sich. Ich heble knacksend den ersten Gang rein.

„Geht's?“, fragt Catharina unsicher in den dröhnenden Motorenlärm.

Ich werfe ihr einen John-Wayne-Blick zu, was soll ich sonst tun. Ich schätze, dass wir gerade mal fünf Sekunden haben, bis Martin hier auftaucht. Also los.

Die Tür ist offen. Ich lass die Kupplung los und das Auto macht einen Satz nach vorne. Die Karosserie quietscht entsetzt. Wie wild drehe ich am Steuerrad, um nicht die halbe Werkstatt mitzunehmen und kurve mit Ach und Krach auf den Hof. Aus dem Augenwinkel sehe ich hinter den Abgasschwaden Martins Gesicht, wie es herbeieilt und uns fragend nachstarrt.

„Und alles wegen diesem blöden Strauß“, brummle ich unverständlich.

Wir donnern das Kopfsteinpflaster entlang, eineinhalb Tonnen Stahl, Stoff und Öl. Blinker links, dann raus auf die Straße. Zum Glück hat's nicht allzu viel Verkehr. Ein alter Mann winkt uns erfreut zu – wenn der wüsste.

Ich toure den Jeep heulend hoch. Jetzt der zweite Gang, mit einem nicht synchronisierten Getriebe gar nicht so leicht: kuppeln, dann Gang raus, Zwischengas, Gang rein … krrrrrrkrkrrkrrr macht das Getriebe, Scheiße.

Catharina sieht etwas bleich aus. Schließlich greift der Gang und wir rumpeln mit guten sechzig an den Häusern vorbei. Der dritte Gang geht wie Butter und das Heulen wird zu einem angenehmen Schnurren.

„Haa!“, brülle ich in den Wind.

Erst jetzt merke ich, wie heftig mein Herz klopft.

Catharina strahlt mich an, ihre rotblonden Haare flattern wild im Fahrtwind. Wir lassen zwar noch immer eine weiße Fahne zurück, aber das alte Gefährt nimmt die allmählich aufsteigende Straße ohne Mühe.

„Ey, das ist ja suuuper", singt Catharina in die Landschaft hinaus.

Ich lache breit. Ist wirklich super. Ich biege rechts von der Hauptstraße ab und wir rumpeln durch das letzte Wohngebiet. Der Jeep scheint gutmütig mitzumachen und meine Nerven beruhigen sich. Die ersten Baumgruppen jagen bald an uns vorbei und nach einer Weile kommt die Kirchturmspitze von St. Verena zum Vorschein.

„Hör mal", schreie ich zu Catharina, „da heiratet nicht zufällig der Präsident der Verkehrspolizei, oder?"

Sie lacht. „Nicht dass ich wüsste. Die sind sowieso schon alle in der Kirche. Ich würde sagen, ich hüpf raus, übergebe den Strauß und dann nichts wie weg."

„Okay", sage ich. Stiebend rollen wir über den weißen Kiesweg zum Hauptportal hinauf. „Dann mach dich bereit!"

Ich ziehe die Handbremse, die direkt auf die Kardanwelle greift und wie Gift wirkt. Die Räder blockieren demonstrativ, ganz schön cool, und Catharina springt mit dem Strauß aus dem Wagen. Zum Glück ist niemand weit und breit zu sehen. Jenseits des Motorenlärms glaube ich eine Orgel zu hören.

Catharina verschwindet mit den Blumen im Inneren der Kirche, während ich mit laufendem Motor warte und versuche wieder den ersten Gang reinzubekommen.

Wirklich eine dämliche Idee, den Jeep zu nehmen für irgendwelche Hagenbuchers. Martin wird schön sauer sein. Aber eigentlich geht es auch gar nicht um den Strauß, sondern darum, dass ich das eigentlich gerne für Catharina mache. Schließlich ist sie meine beste Freundin. Und wozu sollen echte Freunde denn gut sein, wenn nicht für so ein Abenteuer. Und außerdem … ich fühle ein Grinsen auf meinen Lippen: Das Ganze macht riesig Spaß. Catharinas lange Haare passen irgendwie zu diesem Auto und ihre Augen sind fast so grün wie der Lack. Nur viel leuchtender.

Der Motor stottert etwas unsicher, ich tippe leicht das Gaspedal an. Da kommt Catharina durch das Portal gesprungen und schwingt sich geschickt auf ihren Sitz.

„Na? Mission accomplished?“, frage ich.

Sie nickt. „Puh, gerade noch mal Schwein gehabt, die wollten eben loslegen …“

„Womit?“, frage ich verwirrt.

„Na, mit dem Heiraten“, lacht Catharina.

„Ach so …“

„Hey“, sagt sie, „das war ja ein Riesenspaß. Ganz anders als in den modernen Autos, echt cool.“

Das geht runter wie Öl.

„Nicht wahr? Wollen wir noch ’ne Runde drehen, wenn wir

schon mal hier sind?“ Ich lasse demonstrativ den Motor heulen und meine Augenbrauen zucken.

„Kriegst du denn keine Schwierigkeiten?“, fragt sie.

„Die hab ich eh schon, was soll's“, sage ich lässig und schon rollen wir die Kiesstraße entlang. Der weiße Rauch hinter uns ist wie eine Brautschleppe.

Auf dem Asphalt drehe ich dann so richtig auf. Der zweite Gang kommt auch schon ziemlich gut, wohl weil das Getriebe warm ist. Wir johlen lustvoll im Duett in den knatternden Wind. Es ist ein wundervoller Moment, der –

Ein dumpfer Knall lässt mich hochschrecken. Catharina guckt mich entsetzt an: „Ist was?“

Ein Zischlaut. Ich verringere die Geschwindigkeit. Und dann dampft es plötzlich unter der Haube hoch. Aus allen Ritzen pfeift und brodelt es. Einen Moment lang meine ich, der Motor brennt, doch dann beschlagen die Scheiben. Es riecht nach Öl und Kühlwasserzusatz. Ich parke am Straßenrand und schalte den Motor aus.

„Scheiße, der Kühler kocht.“ Ich hüpfe aus dem Wagen und reiße die Motorhaube auf. Eine glühende Wolke schlägt mir entgegen.

„Oh Mist“, höre ich Catharina sagen.

Und was nun?

Benjamin Rafaniello. Mal könnte ich dich abknutschen, mal könnte ich dich an den Ohren ziehen. Erst dieser Traumtrip in dem abgefahrenen Jeep, jetzt diese dämliche Panne mitten auf der Straße. Es ist höllisch heiß. Der Wagen stinkt, dampft, zischt. Oh Gott! Hoffentlich explodiert das Teil nicht. Benjamins Kopf steckt unter der Motorhaube. Ist das nicht gefährlich?

Vorsichtig nähere ich mich meinem Helden, tippe ihm auf die Schulter.

„Was ..." Schnell fährt er hoch. Zu schnell. „Shit ..." Er kracht mit dem Kopf gegen die Kühlerhaube. „Mann, Catharina ..."

„Sorry, kriegst du's wieder hin?"

„Najaaaa." Er fährt sich mit seinen ölverschmierten Fingern ratlos durch die Haare, über die Stirn. Jetzt sieht er aus wie ein Indianer, mit zwei dunklen Querstreifen. Total niedlich.

„Das heißt, nein."

„Tja ..."

Ich krame mein Handy aus der Tasche, tippe 110. „Dann wollen wir mal Hilfe holen."

Benjamin reißt mir das Telefon aus der Hand. „Spinnst du! Doch nicht den Notruf!"

„Hey!"

„Willst du, dass ich im Knast lande?“ Benjamin tippt eine Nummer ein. „Martin, Gott sei Dank, du bist da. Hör zu, bitte, du musst uns helfen ... Okay ... ja ... mitten in der Pampa ... ja, bei ... warte ... Kilometerstein 145 ... Okay, bis gleich.“

Benjamin gibt mir mein Handy zurück, hockt sich im Schneidersitz an den Straßenrand und betrachtet sorgenvoll seinen dampfenden Jeep.

Ich werfe mich neben ihn. „Tut mir Leid.“

Tapfer winkt er ab. „Schon gut.“

Ich schiele zu ihm rüber. Zerknirschter Gesichtsausdruck, Kriegsbemalung, die Haare stehen in alle Himmelsrichtungen, die Panne ist ihm sichtlich peinlich. Er sieht so ... zum Knuddeln aus. Ich kann nicht anders. Beuge mich zu ihm, drücke ihm einen dicken Kuß auf die Wange. Im gleichen Moment dreht sich Benjamin zu mir, mein Kuß landet auf seinem Mund. Ups. Ich spüre seine weichen Lippen. Benjamin schreckt zurück, als hätte ihn eine giftige Pflanze berührt und sieht mich fragend an.

Betont kumpelhaft lege ich meine Hand auf seinen Arm. „Weil du so süß und so doof bist.“

Wenigstens hat Catharina ein Handy“, sagt Martin, als er die Gurte unter dem Jeep lockert und vom Tiefladeanhänger löst. „Die Polizei hätte ganz schön blöde Fragen gestellt, wenn sie dich …“

„Haben sie aber nicht“, sage ich kleinlaut.

„Ach ja“, sagt Martin entnervt. „Und was sagst du *dazu?*“ Er deutet auf den Jeep. „Wegen der kaputten Dichtung hast du das halbe Kühlwasser auf der Straße gelassen und den Motor überhitzt …“

Ich weiß nicht, was sagen. Das war ja ein heißes Abschleppmanöver. Zum Glück hat Martin auf uns gewartet. Der hat wohl geahnt, dass wir nicht allzu weit kommen. Oh shit, ich hasse es, wenn er sauer ist.

„Hör mal, Martin“, höre ich da Catharina neben mir, „es war alles meine Schuld. Ich habe Benjamin überredet mir zu helfen …“ Martin blickt ernst, eine tiefe Falte ist zwischen seinen Augenbrauen. „Es war gewissermaßen ein Notfall.“

„Notfall hin oder her“, antwortet er mit erhobenem Finger, „es war dämlich. Und gefährlich noch dazu.“

Ich nicke. „Es war dämlich …“

Catharina nickt auch. „Und gefährlich.“

Plötzlich muss Martin sich das Lachen verkneifen. „Ihr

solltet euch mal sehen ... wie zwei begossene Pudel. Hat's wenigstens Spaß gemacht, ihr Idioten?"

Wir lächeln erleichtert.

„Schon", sagt Catharina mit einem süßen Lächeln.

„Dann verzieht euch jetzt hier und schämt euch." Brummelnd koppelt Martin den Anhänger von seinem Kombi und öffnet die Werkstatttür.

„Hey, Martin, tut mir Leid", murmle ich.

„Schon gut", entgegnet er, „die Zylinderkopfdichtung war sowieso hin ..."

5

Das Höchste der Gefühle: In der Eisdiele sitzen, die Sonne auf dem Gesicht spüren und den Löffel tief in einen sündhaft großen Amarenabecher tauchen. Eine walnussgroße granatrote Kirsche hochtransportieren und mit genüsslichem Knack im Mund zerdrücken. Mhmmmm.

Wenn nur nicht Sonja neben mir sitzen und ständig jammern würde. „Mann, Catharina, was würdest du denn an meiner Stelle tun?“

Irgendwie bekommt sie die Sache mit Tobias einfach nicht auf die Reihe.

Ich lasse den Amarenageschmack auf meiner Zunge zergehen. Schmeckt ein bisschen alkoholisch. Wie viele Amarenabecher müsste man wohl essen, um betrunken zu werden?

„Mach dir nicht allzu viel Sorgen. Wir warten den Schwangerschafts- und den Aidstest ab, dann sehen wir weiter. Aber ich bin sicher, dass alles gut wird."

„Und mit Tobias?"

„Wie, und mit Tobias?"

„Na ja, ich würde schon ganz gerne noch mal mit ihm reden ..."

„Noch mal? Ich dachte, das Thema wäre durch. Vergiss den Typen. Dieser Arsch ist es nicht wert, dass du auch nur noch einen Gedanken an ihn verschwendest."

„Das sagst du so leicht." Sonja nippt an ihrem Cappuccino, sie ist mal wieder auf Diät. Eigentlich ist Sonja ständig auf Diät. Aber seltsamerweise hat sie immer die gleiche Figur. Sie sagt, sie sei dick. Finde ich eigentlich nicht. Gut, sie hat keine Modelfigur, aber wer hat die schon. Sie hat eine süße Figur. Ihre Diät-Probleme hab ich zum Glück nicht. Kann essen, was ich will. Hab ich von meiner Mutter. Sonja beneidet mich darum. Ich sie dafür um ihre Haut. Olivfarben, total schön. Wenn sie nur ein Sonnenstrahl streichelt, ist sie schon superbraun. Meine Haut ist eher so schweinchenfarben. Mit hunderttausend Sommersprossen. Wenn ich mich in die Sonne wage, wird aus dem Schweinchenrot Krebsrot. So hoch kann der Schutzfaktor gar nicht sein. Jedes Jahr im Frühjahr ist Kontrolle beim Hautarzt angesagt. Mam besteht darauf.

Es piept. SMS im Anzug. Schon kramt Sonja ihr Handy aus der Tasche und starrt auf das Display. Dann lässt sie das Teil enttäuscht sinken. „Muss dein Handy sein."

Ich ziehe meines aus der Jacke. Tatsächlich. „Sie haben eine neue Nachricht", heißt es da. Mal sehen. „Hey Supergirl, ich kenn dich nicht, aber ich find dich klasse, seit ich dich gesehen hab in der Rathausgasse. Muss dich treffen bald, sonst wird mein Herz ganz kalt."

„Wow ..."

Sonja beugt sich neugierig nach vorne. „Was?"

„Eine SMS von einem Unbekannten."

„Echt?"

„Genial! Er muss mich gestern auf den Weg zur Schule gesehen haben und will mich kennen lernen."

Sonja lehnt sich zurück und seufzt abgrundtief. „Wie romantisch ... Warum passiert mir so was nie?"

Ich fische noch eine dunkel glänzende Kirsche aus meinem Eisbecher, meine kleinen grauen Zellen arbeiten. „Komisch ... er hat mich auf der Straße gesehen ... und woher bitte hat er dann meine Handynummer?"

Sonja überlegt mit mir. „‚Kenn dich nicht' stimmt ja dann auch nicht. Denn wenn er deine Nummer hat, weiß er auch deinen Namen."

Ganz unten im Becher lauert noch ein letztes Früchtchen. Während sich der Amarena-Geschmack in meinem Mund ausbreitet, finde ich des Rätsels Lösung. „Könnte auch ein Joke von Benjamin sein."

„Und wenn nicht? Warum fragst du ihn nicht einfach?"

Wo sie Recht hat, hat sie Recht. Meine Uhr zeigt halb fünf. Um diese Zeit ist Benjamin im „Goldenen Hirsch" hinter seinen Kochtöpfen. Mein Handy packe ich wieder ein und zähle das Geld für meinen Amarena-Becher auf den Tisch. „Kommst du mit?"

Sonja zögert. „Nee, keine Lust. Ruf mich an, okay?"

„Okay." Ich schwinge mich auf mein Bike und radle zum „Goldenen Hirsch". Froh gelaunt schlüpfe ich durch den Hintereingang und tänzele durch die Küchentür. Es stinkt penetrant nach Essen. Ein bisschen nach Braten, etwas Basilikum, Rosmarin ... Benjamin steht eingelullt in eine Dampfwolke mit einem Monsterlöffel vor einem riesengroßen Topf und rührt kräftig. Auf Zehenspitzen schleiche ich mich von hinten an, halte ihm die Augen zu, verstelle meine Stimme wie der Wolf bei Rotkäppchen. „Wer bin ich?"

Benjamin lässt den Megalöffel in den Megatopf knallen und fährt herum. „Lass den Quatsch, Catharina."

Oho, klingt nach Ärger. „Haben Monsieur Bocuse heute schlechte Laune?"

Benjamin schnauft tief und fischt den Löffel aus dem Topf.

„Lass mich raten, dir ist dein Spiegelei angebrannt und ..."

Benjamin dreht sich langsam zu mir um. „Sorry, Catharina, aber ich hab heute echt keinen Bock auf deine Späßchen."

„Okay, keine Späßchen." Ich lehne mich gegen den Küchenschrank. Benjamin rührt weiter. In seinem großen Topf schwimmt eine dunkle Flüssigkeit mit dicken Fettaugen. Ihh, total eklig. Mir wird schlecht, wenn ich da länger reinschaue. Kein Wunder, dass Benjamin so schräg drauf ist. Überhaupt, wie kann man nur Koch werden wollen ... ist irgendwie so unmännlich. Automechaniker, Informatiker, Formel-1-Pilot, aber Koch ... Na ja, ist seine Sache.

„Sag mal, Benjamin, hast du mir heute zufällig eine SMS auf mein Handy geschickt?", frage ich so beiläufig wie möglich.

„Nein."

„Sicher?"

Benjamin nimmt seine Kochmütze ab und reibt sich genervt die Stirn. „Du, ich hatte heute echt andere Probleme."

Also er war's nicht. Wer dann? Wer will mich unbedingt treffen? Die Neugier breitet sich in jeder Faser meines Körpers aus. Bevor mich der Gedanke an Mr Unbekannt völlig wegbeamt, muss ich noch die Frage aller guten Freunde stellen: „Was denn für Probleme?"

Wie auf Stichwort zerrt Benjamin sich seine Schürze runter und schiebt mich durch die Tür. „Ich brauch 'ne Pause", nuschelt er und hockt sich auf die Bank im Hinterhof.

Ich lass mich neben ihm nieder, streiche beruhigend mit der Hand über seinen Rücken. „Also, worum geht's denn?"

Die ganze Palette. Benjamin erzählt von Stress in der Küche, Zoff mit seinem Chef und Ärger zu Hause. Hat die totale Negativ-Phase, der Ärmste. Scheint eine Gesetzmäßigkeit des Lebens zu sein. Wenn's kommt, dann immer knüppeldick.

Höre ihm zu. Werfe ab und zu ein „Schöner Mist" ein, kraule ihm den Rücken, die Haare, aber wenn ich ehrlich bin, arbeiten die kleinen grauen Zellen in meinem Kopf an einer ganz anderen Aufgabe. Wer könnte mich in der Rathausgasse gesehen haben? Wer ist dieser geheimnisvolle SMS-Sender? Wird er sich wieder melden?

Manchmal könnte ich Catharina echt auf den Mond schießen. Freundin hin oder her. In gewissen Momenten wirkt sie total abwesend. Meistens vor einem Tanzauftritt oder wenn sie bei einer Party irgendwelchen Typen hinterherträumt oder wenn sie eine Optimismus-Anwandlung hat und das Leben in ihren Augen eh nur gut und viel versprechend ist. Dann kann ich sagen, was ich will und sie sagt nur: „Hey, das wird schon wieder."

Mag sein, dass es wieder wird ... aber im Augenblick hilft mir das ja auch nicht weiter. Was kann ich denn dafür, wenn der Laden meiner Eltern nicht mehr läuft? Und Mam und Papa damit nicht klarkommen? Oder wenn die Direktion der Sparkasse locker vom Hocker beschließt, bei uns in fünf Gängen zu lunchen? Chefkoch Albrecht hätte mich wohl auch noch mitverfüttert, wenn ich aus Versehen in die Pfanne gestolpert wäre.

„Vielleicht bin ich auch nur total müde", sage ich.

Catharina streichelt mir über den Kopf. „Das wird schon wieder ...", sagt sie leise.

Und guckt auf ihre fette Uhr. „Du, ich muss los", meint sie plötzlich. „Ruf mich doch mal an, dann können wir reden", aber es klingt nicht sehr überzeugend. Vielleicht meine ich das aber auch nur.

„Okay", murmle ich und montiere meine Schürze.

„Rafaniello!", höre ich Albrecht schreien. Das tönt nach Arbeit. Sein fettig glänzendes Gesicht erscheint in der Tür. „Oh", macht er zu Catharina, „Testarossa! Bella, könntest du dich vom Kleinen lösen, der hat nämlich heute noch was vor."

Catharina grinst gequält. „Sehr wohl, Herr Albrecht", sagt sie mit frechem Unterton. Ich verdrehe die Augen, bloß nicht auch noch provozieren. Schließlich muss ich mit dem Typen hier arbeiten „Also dann, du Held", sagt sie, „lass dich nicht unterkriegen. Tschüs."

Und weg ist sie.

Ich lehne am Neptuno, zünde mir eine Zigarette an und flippe das Streichholz in die leise sprudelnde Fontäne. Tiefer Zug. Dann schaue ich zu den Sternen hoch, die sich allmählich abzeichnen. Ich mag besonders das feine Flackern im Sommer, wenn die Nächte besonders dunkel sind. Ich weiß ja, dass es nur die warme Luft der Stadt ist, die flimmert, aber es sieht aus, als würden die Sterne selber pulsierend glänzen.

Typisch Krebs, Gefühlsduselei. Ich habe mir nicht gerade das coolste Sternzeichen ausgewählt. Löwe wäre geil gewesen, so richtig selbstsicher. Oder Steinbock, ein richtig zäher Kerl.

Catharina ist Zwilling. Und wie, geradezu ein Vorzeigemodell. Schizophrenes Doppelwesen, heute dies, morgen das. „Zerrissen zwischen Schein und Sein“, hat es Thomas genannt und die Augen verdreht. Na ja, vielleicht sollte man nicht allzu viel auf die Sterne geben. Und überhaupt: Ich wollte, Catharina wäre jetzt hier. Und nicht irgendwo.

„Sag mir“, höre ich eine Stimme hinter mir, „worüber du nachdenkst.“

Ich wirble herum. Chen.

„Hey“, strahle ich glücklich. „Was machst du denn hier?“

Er schwingt sich elegant auf den Brunnenrand und quirlt mit seinen Händen im Wasser. „Ich warte auf Mônica, wir wollen noch zu einer Party ... das heißt, sie will, und da gehe ich halt mit.“

„Wohin geht ihr denn?“

„Beate hat sturmfrei – kennst du Beate?“

Beate? „Nö.“

„Die könnte dir gefallen, komm doch mit.“ Chen grinst und spielt mit dem Wasserhahn. Ein kalter Spritzer streift mein Gesicht. Wir lachen.

„Nee“, sage ich. Ist nicht mein Tag heute.

„Das Übliche?“

Ich nicke. Manchmal komme ich mir wirklich blöde vor, jeden Tag die gleichen Geschichten zu haben. Das muss ja auf die Dauer langweilig sein.

„Wo ist denn Mônica?", versuche ich das Thema zu wechseln.

„Oh", antwortet er, „die bastelt wohl noch an ihrem Outfit, du weißt, bei ihr dauert das immer etwas länger."

Ich grinse. Allerdings kann das Resultat sich sehen lassen. Chens Freundin ist Brasilianerin, und was für eine. Feuer und so. Neben Chens kräftiger Statur wirkt sie zwar fast zerbrechlich, aber sie hat Energie für drei. Und sie hat eine Figur erste Sahne, fast wie aus dem Katalog gesprungen.

„Sag mal", frage ich Chen beiläufig, „wie hast du eigentlich gewusst, dass Mônica ...", ich drücke meine Zigarette aus, „ich meine, wie seid ihr zusammengekommen?"

Chen lächelt. „Wir haben uns auf einer Party kennen gelernt. Ich habe sie sofort gesehen, wie sie getanzt hat. Ihre großen Augen waren wie zwei leuchtende Edelsteine in der Dunkelheit."

Ich runzle die Stirn. „Einfach so? Und dann bist du hingegangen und ... zack ... wart ihr zusammen?" Ist schließlich schon etwas ungewöhnlich, ein Chinese und eine Brasilianerin.

Chen zuckt die Schultern. „So ungefähr ..."

„Boah", sage ich bewundernd. „Jetzt musst du mir bloß noch sagen, was für ein Sternzeichen du bist."

„Eine Ratte."

„Eine Ratte?", frage ich.

„Chinesische Astrologie", antwortet er. „Ich bin im Jahr der Ratte geboren."

„Und das heißt?"

„Ratten sind Überlebenskünstler, sie sind schlau und sie wissen, wie sie bekommen, was sie brauchen."

Mann, tönt nicht schlecht. „Und du bist hingegangen und hast sie einfach so geküsst?", frage ich ungläubig. „Auf der Tanzfläche?"

Chen macht ein geheimnisvolles Gesicht. „Na ja, ich wollte eben ...", er schaut an mir vorbei. „Hey, das ist Mônica."

Wir drehen uns beide in Richtung der Schritte, klingt nach Frauenschuhen, und allmählich kommt Mônicas Silhouette zum Vorschein.

„Hey, das ist doch der Mann ohne Führerschein", ruft sie mir zu. „Catharina hat mir alles erzählt." Sie spricht Catharinas Namen portugiesisch aus. Dann drückt sie mir einen weichen Kuss auf die Wange. Weich und warm. Ich kann gar nicht erst hinsehen, wie sie Chen küsst. Weia, sie sieht toll aus, mit hochgesteckten Haaren und knallenger Lederjacke.

„Ja, das war ein toller Trip mit dem Jeep."

„Und du kommst doch mit zu Beate, oder?", fragt sie.

Ich schüttle den Kopf. „Der Tag heute war definitv zu lange."

„Oooh", sagt sie weinerlich. „Benjamin, dir würde das auch mal wieder gut tun."

Ich lächle. „Vielleicht ein andermal." Ich glaube, heute würde ich Mônicas Anblick auf der Tanzfläche sowieso schlecht vertragen. Auch wenn Chen mein bester Freund ist.

„Also dann", sagt Chen und hüpft vom Brunnenrand. „Wir sehen uns."

„Alles klar", sage ich und schlendere locker von dannen.

6

Ich stehe mit dem großen Korb vor der Tür. Italienischer Wein, eingelegte Tomaten, verschiedene Weichkäse, Olivenbrot, hauchdünnes Carpaccio, Parmaschinken, Trauben.

Thomas Rafaniello und Christian Boldt steht auf dem Schild. Thomas öffnet die Tür. Er trägt einen schwarzen Bademantel. Die Haare hat er sich auf einen Millimeter gekürzt, steht ihm gut mit seinem markanten Gesicht.

„Hey, Benjamin", sagt er und strahlt mich an. Dann fällt sein Blick auf den Korb. „Oh nein, nicht schon wieder …"

„Du weißt ja, wie sie sind", sage ich in Anspielung auf unsere Eltern. Mit bestechender Regelmäßigkeit fasse ich den Job, Thomas und seinem Freund einen Feinkost-Korb vorbeizubringen. Sie selbst kommen nie vorbei.

„Benjamin, du weißt genau, dass das nichts anderes als eine beschissene Entschuldigung ist", sagt Thomas.

Ich zucke mit den Schultern. Stimmt schon.

„Ach", Thomas verdreht die Augen, „komm rein, Sweetness."

Ich folge ihm und mache die Tür zu. „Sweetness" – seit seinem Coming-out nennt mich mein Bruder so. Ist zwar eigentlich doof, aber irgendwie mag ich es auch. Vielleicht, weil ich Thomas mag, seine direkte, meist etwas exaltierte Art.

„Dann lass mal sehen." Thomas durchstöbert den Korb. „Das Übliche, nicht wahr? In die Küche damit."

Ich stelle den Korb in die Küche. Thomas und Christian haben echt 'ne nette Bude hier, nicht zu groß, aber sehr stilvoll eingerichtet. Glas und Holz. Und durch die großen Fenster sieht man in einiger Entfernung die Dächer der Stadt.

„Willst du was trinken?", höre ich Thomas.

Ich kann eh nicht Nein sagen. „Nichts, danke", sage ich.

„Ach was", antwortet er theatralisch, „ein Nein gilt nicht."

Ich gehe verlegen ins Wohnzimmer, vorbei an den bunten Plastiken, die Christian und er machen. Sieht aus wie Barbapapa in konservierter Form.

„Gefällt's dir, Sweetness?"

Ich sehe ihn etwas müde an. „Oh", sagt er leise, „so schlechte Stimmung daheim?" Er drückt mir ein Glas Kahlúa mit Milch in die Hand.

„Du weißt schon, der Laden halt …“, sage ich.

„Oh, Gott … ‚der Laden halt‘“, äfft mich Thomas nach. „So what?“ Er wedelt mit den Händen.

Ich stehe etwas verloren in der Gegend.

Thomas seufzt und umarmt mich dann. „Danke, kleiner Bruder, fürs Vorbeikommen“, sagt er. „Magst du warten? Christian kommt jede Minute.“

Ich verneine. Thomas liebe ich ja wirklich, aber im Doppelpack sind mir die beiden dann etwas zu viel Aufregung.

„Aber kochen tust du mal wieder was für uns, oder?“, fragt Thomas aufmunternd. „Darauf freuen wir uns nämlich jedes Mal wie auf Weihnachten.“

„Na klar“, sage ich.

Non, non, non, Catharina, so wird das nie was.“ Gérard dreht seine glutigen dunkelbraunen Augen theatralisch gen Himmel. „Weiter runter, tiefer auf den Boden, wir trainieren hier Hip-Hop, nicht Walzer, Madame. Sieh mir gut zu, so geht das“, Gérard lässt sich auf den Boden fallen und verrenkt seine Glieder, als wäre er ein Gummimensch. Rollt sich ab über Kopf, Hände, über seinen knackigen Hintern.

Gérard kommt aus Paris und trainiert uns seit einem halben Jahr. Er tanzt Hip-Hop wie ein junger Gott. Puff Daddy und Co können da echt einpacken. Melanie beäugt ihn jedesmal wie ein Mondkalb. Fährt sich lasziv durch die Haare, wenn er näher kommt, reißt ihre großen runden Kulleraugen auf bis zum Anschlag – sieht total lächerlich aus. Neuerdings hat sie auch jedesmal einen neuen Fummel an und die Dinger werden immer enger und knapper. Tippe mal, sie steht auf ihn. Ich fürchte nur, das ganze Augenverdrehen wird bei unserem Gérard nichts nützen, schätze der Typ ist schwul.

„Catharina, huhu, wo sind wir denn heute?“, macht mich Gérard an und wedelt vor meinem Gesicht herum.

Schwul, sag ich doch ... Ich hab heute echt keinen Nerv auf Hip-Hop. Ist das ein Wunder? Mir spukt immer noch diese komische Nachricht im Kopf herum. Sicherheitshalber habe ich mein Handy ganz oben in meiner Trainingstasche deponiert. Man weiß ja nie. Ich bin ein bisschen nervös, aufgeregt eben. Keine Ahnung, wieso. Da kommt eine seltsame Meldung von irgendwem und schon bekomme ich weiche Knie. Muss eine Art Reflex sein. SMS-Reflex oder so.

Gérard klatscht in die Hände. „Das war's für heute, Girls. Und vergesst nicht, der ‚Dance for Fans‘-Wettbewerb rückt immer näher. Also üben, üben, üben. Nur die Beste von euch wird dabei sein.“ Gérard reißt die Fenster weit auf, um den Schweißgeruch zu vertreiben.

Ich lasse mich auf den Boden in unserem Übungsraum fallen und krame nach meiner Flasche Volvic.

Melanie setzt sich neben mich. „Wow, war ganz schön heftig heute“, stöhnt sie. „Was sagst du eigentlich zu meinem neuen Teil? Supersexy, oder?“ Sie zupft an ihrem metallicgrün-silbrig glänzenden Top.

Stimmt. Muss ich neidvoll zugeben. Das Teil umhüllt Melanies Traumbrüste perfekt. Sehen aus, als hätte sie eine Portion Silikon reingepackt.

Pieppieppieppiep … Es piept. Aus meiner Tasche. Eine SMS. In Lichtgeschwindigkeit krame ich das Teil heraus und öffne die SMS. „Hey Supergirl, muss dich unbedingt wieder seh'n, weil sich meine Gedanken nur noch um dich dreh'n. Warte morgen um zwei auf dich am Teich im Park, bitte komm, meine Sehnsucht ist so stark …“

Autsch, der geborene Dichter. Aber wenigstens gibt er sich Mühe, lässt sich was einfallen. Süß. Morgen, er wartet auf mich …

Melanie schielt mir über die Schulter. „Oho, Supergirl … was geht denn da ab? Neuer Verehrer?“

Mist. Wollte eigentlich nicht, dass Melanie Wind davon bekommt. „Keine Ahnung, eine Art Blind Date“, wiegle ich schnell ab.

Melanie sieht mich streng an. „Du triffst dich mit einem Fremden im Park?“

„Mal sehen ...“

„Mensch, da kannst du aber auf keinen Fall allein hingehen. Vielleicht ist das ein Durchgeknallter. Ein Perverser. Er entführt dich. Oder er schlitzt dich auf und wirft dich in den See ...“

Ich klopfe ihr mit süffisantem Grinsen auf die Schulter. „Jaja, schon gut ...“

Sie zieht streng ihre Augenbrauen hoch. „Das ist mein Ernst!“

„Melanie, kommst du mal bitte ...“, gerade rechtzeitig zieht Gérard Melanie aus dem Verkehr.

Hastig packe ich meine Sachen zusammen und eile zu meinem Bike. Irgendwie hat mir Melanie mit ihren dunklen Drohungen den ganzen Spaß verdorben. Ob es wirklich gefährlich wäre, den Typen allein zu treffen? Mitten im Park. Am helllichten Tag. Bei Melanie bin ich mir nie so ganz sicher, wie sie zu mir steht. Ist es echte Sorge oder ist sie nur neidisch? Wir sind Freundinnen, aber hundertprozentig vertrauen würde ich ihr nie. Der Contest macht die Sache natürlich nicht besser. Wir sind jetzt Rivalinnen. Melanie will den Wettbewerb unbedingt gewinnen. Ich aber auch. Ich trete kräftig in die Pedale, der Fahrtwind kühlt mein heißes Gesicht. Können Mädels überhaupt so richtig, richtig gut befreundet sein? Spätestens, wenn es um Jungs oder Wettbewerbe geht, ist doch meistens Schluss mit lustig. Bin ich froh, dass ich meinen Benjamin habe. Genau. Ihn werde ich zu meinem Blind Date mitnehmen. Ganz klassisch. Er soll sich hinter einem Baum verstecken und mich im Auge behalten. Ist der Typ süß, kann er wieder abziehen. Zieht er aber das Messer und will mich aufschlitzen, kann Benjamin aus seinem Versteck springen und mein Leben retten. Die Rolle gefällt ihm bestimmt …

Wie bitte?", frage ich empört. Fast verpasst die halbe Kugel Vanilleeis meinen Mund. Das ist ja voll daneben. Catharina lässt sich von irgendeinem Unbekannten anmachen – und dann noch auf die voll billige Tour, von irgend so einem Handyfritzen – und dann soll ich hier den Bodyguard mimen?

„Mensch, Benjamin", insistiert Catharina, „du kannst mich doch jetzt nicht hängen lassen. Schließlich bist du mein bester Freund …"

„Jaja", maule ich, doch Catharina lässt nicht locker.

„So ganz alleine, da hab ich Bammel. Was soll ich denn sonst tun?"

„Wie wäre es denn“, entgegne ich ruppig, „mit *gar nicht hingehen?*“

Irgendwie will mir mein Eis nicht mehr schmecken. Hat mich Catharina nur eingeladen, um mich einzuwickeln für ihren SMS-Casanova. Schöne Scheiße. Sie seufzt – und tut es mit einem Lächeln. Das gibt's doch nicht, nein, ich fasse es nicht. Ich lasse mich in den Stuhl zurücksinken. Kopfschüttelnd.

Ich hätte echt eine Extraportion Catharina gebrauchen können. Hat mir in der letzten Zeit gut getan, dass sie ab und zu vorbeigeguckt hat, sei es daheim oder im Restaurant. Ihr Lachen und ihre lebendige Art haben so manchen Tag gerettet. Aber wenn da ein Typ im Spiel ist, dann ist sie eh geistig und körperlich abwesend.

„Hey, Benjamin ...“, sagt sie leise.

Ich starre große brennende Löcher in die Decke der Eisdiele.

„Ist mir schon klar“, sagt sie, „dass das nicht unbedingt der Superjob ist.“ Sie zupft an ihren Haaren herum. „Aber wenn ich dich nun echt darum bitten würde ... einfach weil es ein gutes Gefühl wäre, dich irgendwo in der Nähe zu wissen ...“

Grrrrrrr. Ich merke schon, etwas in mir will bereits Ja sagen. Klar, ich bin ihr Freund, und klar, ich würde sie auf jeden Fall beschützen wollen, und klar, ist ja keine große Sache … trotzdem finde ich …

„Benjamin“, ein großes, warmes „Benjamin“.

„Okay“, ich zucke die Schultern. „Ich mach's – aber nur dieses *eine* Mal.“

„Yeah“, jubelt Catharina, packt meinen Kopf über den Tisch hinweg und drückt mir einen langen Kuss auf die Wange. Ein paar Löffel klirren in ihren Eisgläsern. Dann grabscht sie eilig ihre Siebensachen zusammen.

„Also, wir treffen uns morgen im Stadtpark, so in etwa um Viertel vor zwei, ja?“

„Ja“, antworte ich brav, aber als sie dann so Simsalabim von dannen düst, will es mir bereits Leid tun, dass ich Ja gesagt habe. Dafür geht morgen meine Zimmerstunde drauf, dabei wollt ich mich doch mit Chen verabreden.

Ich pappe mit dem Löffel etwas ziellos im fast schon geschmolzenen Eis herum. Sie beschützen. Vor irgendeinem Handytypen.

Na ja.

Zwei Uhr. Ich sitze im Park auf der Bank vor dem Goldfischteich und warte. Supernervös. Irgendwo hinter mir lauert Benjamin. War von der Idee gar nicht begeistert. Nur gut, dass er mir noch nie etwas abschlagen konnte. Ein bisschen lieb lächeln, einen schnurrenden Ton in die Stimme und schon ist Benjamin eingewickelt. Mir ist ein bisschen kalt in meinem luftigen Spaghetti-Träger-Sommerkleid. Hellila. Total gewagtes Teil. War gestern extra noch mit Sonja bei H & M shoppen. Wenn schon, denn schon …

Zwei Uhr fünf. Mein Blind Date ist unpünktlich. Die feinen Härchen auf meinen Armen stellen sich auf. Bestimmt die Aufregung. Gänsehaut, sieht richtig sexy aus. Besser, ich stehe auf und marschiere auf und ab. Bis viertel nach zwei werde ich warten, na ja, okay, bis halb drei, aber dann bin ich weg. Pech gehabt, Mr Unbekannt. Ich kicke einen Stein in den Goldfischteich. Platsch … ups, habe ich etwa einen Goldfisch getroffen? Ich bücke mich, um den Unglücksfall abzuchecken, da sagt jemand hinter mir meinen Namen. Fragend. Wissend. Ich drehe mich um, blinzele in die Sonne. Wow. Vor mir steht ein Typ. Und was für einer. Supersüß. Schwarze Jeans. Schwarzes T-Shirt. Braune Haare. Zurückgegelt. Sonnenbrille im Haar. Blaue Strahleaugen. Braun gebrannt. Ist das etwa …

Er ist es.

„Catharina, ich bin Patrick, wir waren hier verabredet."

Ich bin tot und im Himmel. Mein Blind Date ist genau mein Typ. Ich glaub's nicht.

„Ja, hallo …“, kann ich nur stammeln und versuche mich möglichst graziös wieder aufzurichten.

Patrick lächelt mir aufmunternd zu. „Schön, dass wir uns endlich kennen lernen.“

„Finde ich auch.“

Jetzt stehen wir nebeneinander am Teich.

„Wollen wir ein paar Schritte gehen?“, schlägt Patrick vor. Ich nicke und wir setzen uns in Bewegung.

„Hoffentlich fandest du meine SMS nicht doof?“, fragt mich Patrick.

„Nein, gar nicht, eher ungewöhnlich …“

„Bestimmt hast du gedacht, ich bin klein, dick und verpickelt?“

Ich muss lachen. „Stimmt genau.“ Patrick ist nicht nur süß, sondern auch noch witzig. Das ist mein Glückstag.

„Ich hab dich gesehen und wollte dich unbedingt kennen lernen.“

Wir laufen im Gleichschritt nebeneinander her. Ich zupfe an einem Busch einen kleinen Ast ab und drehe ihn in meinen Fingern. „Wo hast du mich eigentlich gesehen? Und woher wusstest du meine Handynummer, meinen Namen?“

„Ich arbeite in der Bank an der Ecke zur Rathausgasse.“

Mir geht ein Licht auf. „Da habe ich ja mein Konto.“

„Hm."

Aha. Unsere Hände baumeln jetzt auf gleicher Höhe. Auf einmal greift Patrick ganz selbstverständlich nach meiner und hält sie fest. Meine Hand fühlt sich wohl in seiner. Ein schönes Gefühl, es gefällt mir.

„Hast du Hunger, wollen wir ein Eis essen gehen?"

Hunger. Essen. Benjamin ... Oh Mann, den hab ich ja total vergessen. Ob er noch in seinem Versteck sitzt? Hoffentlich hat er gecheckt, dass er nicht mehr gebraucht wird.

Trample die weißen Kieswege des Parkes entlang. Die Hände in den Hosentaschen. Na, das hat sich wohl erledigt. Und Catharina hat auch noch amüsiert gelacht. So ein Lackaffe, so ein Schleimer, so ein Solariumjunkie, der zu viel Kohle hat.

Ich überhole ein eng umschlungenes Pärchen. Bloß raus aus dem Park. Ich lege einen Zahn zu und bin fast erleichtert, wieder auf der Straße zu sein. Zwischen den stinkenden Autos, dem Lärm, der Realität – meiner Welt.

So wie dieser Typ werde ich sowieso nie sein. Und will es auch nie sein. Ich bin vielleicht nur ein Koch, der seine gute Freundin beschützen will, vielleicht ein bisschen dämlich – aber immer noch besser als so wie der Handytyp.

Und wie sie sich dann auch noch aufgemotzt hat. Im knall-engen Fummel. So was zieht sie sonst nie an. Und für einen, den sie noch nicht mal kennt.

„Mensch, so ein Arsch“, brummle ich leise. Schreibt ein SMS und Catharina geht auch noch –

„Hey, Benjamin“, höre ich eine weibliche Stimme hinter mir. Und dann rennende Frauenschuhe mit hohen Absätzen.

Ich drehe mich um.

Mônica. Chens Freundin.

„Sag mal, machst du hier einen Ein-Mann-Marathon oder bist du auf der Flucht?“ Sie blickt mich kopfschüttelnd an.

„Öh …“, stottere ich, „wieso?“

„Na, weil ich hier deinen Namen durch die Straßen tute und jeder außer dir sich nach mir umdreht.“

Ich grinse. Das machen die Leute sowieso, denke ich, so wie Mônica aussieht …

„Na ja“, sage ich, „ich habe im Moment ein bisschen viel im Kopf.“

„Aber bestimmt noch keinen Espresso“, sie hebt ihre pechschwarze Gucci-Sonnenbrille und blinzelt unter ihren Locken hervor.

Ich verdrehe die Augen. „Hör mal, ich habe im Moment ziemlich miese Laune …“

„Eben deshalb“, sie fasst sanft nach meinem Unterarm.

„Okay“, murmle ich.

Mônica nickt zufrieden, schiebt die Sonnenbrille ihre feine Nase hoch. „Ins Segafredo.“

Wortlos spazieren wir nebeneinander. Da und dort dreht sich ein Typ um und guckt Mônica hinterher. Sie – ihre Haut, kein Härchen weit und breit, die schlanken Arme, weiße Bluse, die perfekt sitzende Jeans. Sie scheint es nicht zu bemerken. Oder tut zumindest so. Und wenn dann noch ein fragender Blick auf mich fällt, genieße ich es sogar ein wenig, so als ob Mônica meine Freundin wäre. Ich schiele zur ihr rüber, sehe im Augenwinkel ihren eleganten Gang. Ein Raubtier hat sie Chen mal genannt. Wow.

Sie lächelt mich unvermittelt an und ich blicke schnell weg. Hey, schließlich ist sie die Freundin meines besten Freundes.

Dann biegen wir um die letzte Ecke, das Segafredo. Der coole Italiener. Alles in Schwarz und Beige, Stein und Leder. Irgendwie habe ich immer das Gefühl, dass ich nicht in diese Bar passe.

Mônica geht voraus, Typen drehen sich nach ihr um und sie steuert auf einen kleinen Tisch zu. Sie streckt zwei Finger in die Höhe und das Girl hinter der Bar – eine leicht mollige Schönheit mit ägyptischem Eyeliner – scheint zu verstehen.

Mônica steckt ihre Brille hoch und lehnt sich bequem über den Tisch. Ihr Busen berührt ihre verschränkten Unterarme und stützt sich leicht auf. Eine bittersüße Sekunde fällt mein Blick auf den Ansatz ihrer Brüste.

Mann, beschämt blicke ich zum Fenster raus. Echt, ich könnte mich ohrfeigen.

„Okay, Benjamin, erzähl mir: Was kann jemanden wie dich aus der Fassung bringen?"

Ich runzle die Stirn. Die Frage wäre wohl eher: Was bringt mich *nicht* aus der Fassung. „Na ja", beginne ich, „im Grunde eine dämliche Geschichte …"

„Na ja", meint Mônica, „ist wirklich eine etwas komische Geschichte." Sie kratzt mit ihrem Löffel die Überreste des Espressoschäumchens von der Tasse. „Dieser Typ im Park …"

„Eben", schnaube ich. Ganz zu schweigen von mir im Gebüsch.

„Aber weißt du", sagt sie unvermittelt und blickt mich mit ihren strahlenden Augen an, „ganz abgesehen davon finde ich noch was ganz anderes interessant …"

Lastende Stille. Ich fixiere sie konzentriert.

„Nämlich?“, frage ich.

„Nämlich dich.“

Mônica lacht belustigt, vermutlich, weil mein Gesichtsausdruck Bände spricht. Was meint sie denn nun damit. „Wie eh …?“, stottere ich.

Sie hebt mahnend den Zeigefinger: „Ich glaube, du bist eifersüchtig auf den Typen im Park.“

Ich merke, wie ich rot werde vor Entrüstung. „Du spinnst ja – Catharina ist …“

„Catharina ist deine beste Freundin, ich weiß. Trotzdem.“

„Ich finde eben“, antworte ich schnell, „dass Sie einen besseren Freund verdient hätte, als diesen aalglatten Schleimer.“

„Eben“, antwortet Mônica.

„Schließlich ist sie wirklich eine gute Frau.“ Sie und ihr lila Spaghettiteil.

„Hmmm“, nickt Mônica mit undefinierbarer Zustimmung.

„Du hättest ihn mal sehen soll …“, brummle ich.

Sie zuckt die Schultern. Ihr Lächeln macht mich nervös. Irgendwie habe ich das Gefühl, ins Off gelaufen zu sein. Meine Gedanken wirbeln und ich weiß nicht, warum. Irgendwie bin ich fast ein wenig sauer auf Mônica. Oder auf Catharina.

Nee, auf den Schleimer. Oder auf mich – dass ich so doof war, im Gebüsch den Helden zu mimen ... für rein gar nichts.

Ich seufze und grabe in meiner Tasche nach einem zerknüllten Zigarettenpäcklein. Mônica betrachtet mich ruhig. Streichholz, zischendes Aufglühen, ein tiefer Zug. Themenwechsel.

„Als du Chen auf der Tanzfläche getroffen hast, hast du da auch deinen besten Freund im Hintergrund platziert ... kauernd hinter der Bar, um jeden Unhold sofort zu erschlagen?"

Mônica kann sich ein Grinsen nicht verkneifen.

„Eben", sage ich cool. Was soll das Gequatsche von wegen Eifersucht?

„Na, erzähl doch mal", dopple ich nach, die Zigarette im Mundwinkel.

„Musst du nicht zur Arbeit?", fragt sie zuckersüß.

Boah, Albrecht wird mich umbringen, wenn ich zu spät komme. Aber ich antworte kühl: „Kann warten."

Mônica lehnt sich genüsslich zurück. „Was willst du wissen?"

Sie steigt darauf ein! Sehr gut. Die Gelegenheit.

„Chen hat dich einfach so auf der Tanzfläche geküsst", wiederhole ich, was ich von der Legende kenne.

Ihre weißen Zähne blitzen schelmisch auf. „Na ja, nicht einfach so. Ein bisschen musste ich ihn schon ermuntern."

„Ja, und wie ...?"

Sie seufzt tief. „Benjamin", sagt sie verführerisch, „die meisten Jungs machen einen großen Fehler: Sie versuchen zwar ein hübsches Mädchen anzumachen, manche geschickt, manche ungeschickt. Aber die meisten schauen nicht richtig, hören nicht richtig zu. Und nerven dann bis zur Hoffnungslosigkeit."

Hä? Ich verstehe nur Bahnhof.

„Wenn ein Mädchen von dir etwas will", fährt sie fort, „so wird sie dich das spüren lassen. Wie sie redet, wie sie sich bewegt, wie sie dich anschaut."

Aha, denke ich. Und was ist der Punkt?

„Chen hat es gemerkt. Es ist ein großes Spiel, Benjamin, und Chen hat es sehr gut gespielt."

„Das heißt", frage ich, „als er dich geküsst hat, war schon alles klar?"

„Ziemlich", antwortet Mônica.

„Aber wie hast du rausgefunden, dass du ihn magst?" Bei ihm ist mir das ja ziemlich klar. Auf Mônica abzufahren, dafür gibt es wohl ungezählte Gründe – zwei beispielsweise sehe ich leicht verschwommen am Rande meines Gesichtsfelds in einer weißen Bluse.

„Was“, wiederhole ich meine Frage, „hast du an Chen gefunden?“

Mônica lutscht verträumt an ihrem Löffel, während sie nachdenkt. „Ich glaube, dass er so ein ruhiger Typ ist, so konzentriert, so magisch. Ich rase immer wie ein geköpftes Huhn rum, aber er … *er* weiß ganz genau, was er will.“

Ich nicke andächtig.

„Außerdem“, ihre Augen funkeln, „sieht er ziemlich gut aus.“ Ihre Augenbrauen zucken viel sagend. „Und ich meine nicht nur, dass er asiatischer Abstammung ist …“

Ich glaube, ich weiß, was sie meint. Chen, Mr Jackie Chan junior.

Ich drücke meine Zigarette aus.

Jetzt mal ganz unter uns, Benjamin, bist du eifersüchtig? Bist du's?

Mit seinem schicken silbergrauen VW-Golf hat er mich heimgefahren. Mein Blind Date. Patrick. Ich liege in meinem Zimmer. Hände unter dem Kopf verschränkt, Beine angezogen. Kopf in den Wolken. Tagträume. Blick auf Kim Frank von „Echt“. Mutter brutzelt in der Küche. Es duftet nach gegrilltem Hähnchen mit Rosmarin. Ich lasse den Nachmittag noch einmal Revue passieren. Nach dem Spaziergang im Park sind wir zum Italiener. Haben den Rieseneisbecher mit zwei Löffeln restlos geleert. Es war total schön mit ihm. Ab und zu hat er meine Hand genommen und ein bisschen gestreichelt. Dann hat er mich heimgebracht. Vor einem Blumenladen hat er noch schnell angehalten, ist rausgesprungen wie der Blitz und hat mir eine rote Rose gekauft. Zwar bei der Konkurrenz, aber trotzdem, total süß.

Patrick. Er gefällt mir. Ist so erwachsen. So männlich. Wie er am Steuer saß. So lässig. Sonnenbrille auf, einen Ellbogen aus dem Fenster gelehnt. Nicht so hektisch und konfus wie Benjamin bei unserem Ausflug in diesem klapprigen Jeep. Am Anfang war der Trip ja noch ganz witzig, aber als es dann nur noch gezischt, gebrodelt und gestunken hat … So was würde Patrick bestimmt nie passieren. Patrick. Immer wieder wiederhole ich seinen Namen. Bin ich verliebt? Kann man sich so schnell verlieben? In jemanden, den man erst ein paar Stunden kennt? Ja, doch, eigentlich schon. Es war fast wie Liebe auf den ersten Blick. Ich sah ihn und wusste, das ist er. Schon bei seiner SMS hatte ich ein ganz merkwürdiges Gefühl. Liebe auf die erste SMS. Wie wird es mit uns weitergehen? Sind wir zusammen? Ist er jetzt mein Freund? Wird er der erste Mann in meinem Leben sein? Könnte ich mir gut vorstellen. Er ist bestimmt total zärtlich und einfühlsam. Ich hab ja nicht so furchtbar viel Erfahrung in Sachen Liebe. Wenn ich mit Sonja und Melanie über Sex und Jungs rede, tue ich immer voll cool. Als wäre ich die totale Expertin. Fragen Sie Dr. Himmelfarth. Dabei war ich erst einmal länger mit einem Jungen zusammen. Mike hieß er. Es war ganz okay. Wir haben uns geküsst, gestreichelt, ein bisschen Petting, aber mehr lief da nicht. Petting ... eher hektisches Gefummel und heftiges Saugen. Mike hat so fest an meinen Brustwarzen gesaugt, dass ich ihn am liebsten an den Haaren weggezogen hätte. Viel mehr habe ich dabei nicht gefühlt. Ich war einfach nur jedesmal froh, wenn's vorbei war. Ob das normal ist? Ob ich vielleicht frigide bin? Irgendwann war's dann aus mit Mike. Einfach so, ohne Grund. Wir haben uns immer weniger gesehen, dann gar nicht mehr. Es hat nicht mal weh getan. Komisch, es hat mich eigentlich gar nicht berührt. Wann werde ich Patrick wieder sehen? Ich melde mich, hat er gesagt, als er mich zu Hause abgesetzt hatte. Hoffentlich schnell, ich kann es kaum erwarten.

„Catharina, das Essen ist gleich fertig, kommst du dann?"

„Jaha!“

Mutter kocht heute. Ein denkwürdiges Ereignis. Normalerweise kommen Mam und Dad immer so spät aus dem Blumenladen, dass abends bestenfalls noch Tiefkühlpizza drin ist. Oder ein paar Schnittchen. Dad hockt dann meistens muffelig am Tisch, mampft seine Schnittchen, spült sie mit Bier runter, verzieht sich dann auf die Eckbank im Wohnzimmer und macht sich über die Abrechnung her. Mam räumt die Küche auf und leistet ihm Gesellschaft. Dann werden die Angebote der anderen Blumenläden abgecheckt. Verglichen. Kataloge gewälzt. So sieht ein normaler Abend bei Himmelfarths aus.

Manchmal stelle ich mir vor: Ich packe den Staubsauger und sauge alle ach so wichtigen Unterlagen ein oder kippe eine Flasche Rotwein drüber, tanze auf dem Tisch wie Rumpelstilzchen und singe „Hey, Leute, ich bin auch noch da!“. Wie oft wünsche ich mir, meine Eltern hätten keinen Laden, sondern einen ganz normalen Job. Nine-to-five. Kommen abends heim, lassen die Arbeit vor der Tür. Fragen mich, wie mein Tag war. Was die Schule macht. Wie's mir geht.

„Cathariiiiinaaaa!“

„Komme!“ Mhm. Hühnchen mit Rosmarin. Passt zu meinem perfekten Tag.

7

Einen schönen Abend noch", säusle ich. Nichts wie raus hier.

„He, he! Hast du den Frigo auch schön blitzeblank geputzt?"

„Ja, Herr Albrecht." Schinder, es ist schließlich schon nach Mitternacht.

Albrechts gerötete Fischaugen linsen über die Bar hinweg.

„So!?", zischt er zynisch. Wahrscheinlich überlegt er jetzt, ob es sich lohnt, aufzustehen und sein Bier warm werden zu lassen, um mich mit einer Lupe eines Besseren zu belehren.

„Na, dann, Junge. Bis morgen."

„Ja, Herr Albrecht."

Ein verschissener Tag. Nicht mal nur die Küche. Das kenn ich ja. Vielmehr hat mich heute dieser Kerl aus dem Park verfolgt. Catharinas lila Spaghettiteil, und dass er es nicht wert ist. Vielleicht auch Mônicas Weisheiten, die ich noch immer am verdauen bin. Ich habe die Forellen heute besonders lustvoll geköpft und ausgenommen.

Einen Moment lang stehe ich in der Nacht. Schnuppere. Blicke zu den Sternen hoch. Hell und erhaben. Ach, Benjamin, denke ich, was soll's.

Was soll's.

Was ... hey. Ich konzentriere mich auf den dunklen, nur von einigen Laternen erhellten Platz. Da steht ein Jeep. Unser Jeep. Meine Stimmung hebt sich um fünfhundert Prozent. Schnell laufe ich hin.

„Martin!", sage ich freudig.

„Hallo, Benjamin." Martins Augen glitzern im fahlen Licht der Armaturenlampe. „Drehen wir eine Runde und wecken die Nachbarschaft?"

„Na klar", antworte ich und schmeiße mein Zeug hinter den Beifahrersitz. Behände schwinge ich mich in den offenen Wagen.

„Hast du den Zylinderkopf repariert?"

Martin nickt. „Und den Vergaser neu eingestellt. Alles perfekt."

„Geil!"

Mit der Fußspitze betätigt er den Starter. Blubberndes Geräusch, dann Höllenlärm. Nichts wie weg hier. Ruppig donnert der Willys über das Kopfsteinpflaster und entschwindet zwischen den schlafenden Häusern.

„Na, wie war dein Tag?“, fragt Martin in den Fahrtwind.

Ich fröstle. „Wie genau willst du das wissen?“

„Gib mir drei Hinweise“, antwortet er.

Ich überlege. „Moderne Sklaverei, Catharina verliebt, braun gebrannter Schleimer.“

„Tönt ja heiter“, grinst Martin.

„Mann, ich bin todmüde.“

„Ich bringe dich nach Hause, kleiner Bruder.“

„Damit ich dir morgen vier Stichworte geben kann, was?“

Martin kurvt am Neptuno-Brunnen vorbei und hält vor unserem Haus. Mit einem letzten Schnurren geht der Motor aus.

Einen Moment lang ist es plötzlich völlig still. Martin kramt eine verbogene Camel aus der Westentasche und steckt sie sich an. Wir beide sitzen nebeneinander im Dunkeln. Oben bei Rafaniellos brennt in der Küche noch Licht.

„Ich bin dir noch eine Geschichte schuldig“, sagt Martin plötzlich leise.

Ich blicke ihn fragend an.

„Mein erstes Mal."

Ich horche auf. Richtig, meine überstürzte Frage neulich in der Garage.

„Ihr Name war Claudia und sie hatte hellblondes Haar, blaugrüne Augen und eine zierliche Figur." Er zieht an seiner Zigarette und sein Gesicht leuchtet rot auf im matten Licht der Glut. „Wir waren gut drei Wochen zusammen. Dann sind wir in den Schwarzwald gefahren, ihre Eltern hatten dort ein kleines Haus. Mann", seufzt er nostalgisch, „waren wir verliebt."

„Wann war das?", frage ich.

„Och", schmunzelt er, „du warst gerade mal eben auf der Welt."

Ich lache leise.

„Also", fährt Martin fort, „wir sind da in dieses Haus gefahren, ein kleines Schmuckstück mit Kamin und einem Bett oben im Dachstock – Hänsel-und-Gretel-mäßig." Seine Stimme klingt, als würde er einen spannenden Krimi erzählen. „Wir hatten das geplant, wir beide wussten: Das wird das erste Mal … für uns beide! Gott, und wir waren natürlich kurz vor dem Herzinfarkt, so aufgeregt waren wir." Er kichert über seiner Erinnerung. „Und vor lauter Aufregung haben wir erst mal Rotwein gesoffen, bis wir so richtig blau waren."

„Und habt ihr miteinander geschlafen?"

„Nun", Martin nuckelt genüsslich an seiner Zigarette, „ich würde sagen: ja. So was Ähnliches. Ich weiß es nicht mehr so genau. Irgendwann sind wir wohl über einander hergefallen, und ich erinnere mich nur noch düster, dass es eine ziemliche Pleite war – in jeder Hinsicht."

Wir lachen beide vergnügt.

Dann wird Martin plötzlich ernst. „Aber", sagt er und beugt sich ganz nahe zu mir, „wir haben uns geliebt ... in diesem Augenblick. Und *das* war wunderschön, Benjamin. Liebe ist eine tolle Sache, immer nahe an der Pleite dran, aber trotzdem!"

Ich nicke, obschon ich nicht alles so ganz kapiere.

„Was ist aus ihr geworden?" Soweit ich weiß, ist Martin schon seit Urzeiten solo.

„Zwei Jahre nach dem Schwarzwald ist sie mit einem Pianisten in die Pfanne gehüpft. Sie sagte mir, es sei nicht so besonders gewesen, und dann hat sie mich verlassen."

Ich schlucke.

„Die Liebe, Benjamin, immer nahe an der Pleite dran." Er klopft mir auf die Schulter. „Du solltest mit Catharina nicht so hart sein."

„Okay", murmle ich und krieche in Zeitlupe aus dem Jeep.

„Pass auf dich auf“, sagt Martin, „nicht dass du mir verloren gehst.“

„Okay“, murmle ich erneut. „Bis dann.“

Tag zwei nach dem coolsten Blind Date der Geschichte. Noch vor der Schule wische ich bei Benjamin vorbei. Muss hören, was er zu meinem Goldfisch sagt. Bestimmt freut er sich total für mich. Ich wette, er findet ihn auch voll gelungen. Hüpfe auf einem Bein die Straße entlang. Alles in mir jubiliert. Jetzt suchen wir noch ein nettes Mädel für Benjamin und dann können wir zu viert was unternehmen. Schwimmen gehen. Partys feiern. Kochen. Im Herbst Drachen steigen lassen. Im Winter zusammen snowboarden, am Kamin kuscheln, Glühwein schlürfen, Bratäpfel knuspern. Das wird genial. Einfach genial. Das Leben ist schön. Hm. Wen könnte ich mit meinem Benjamin verkuppeln? Sonja? Neeneenee. Melanie? Hm. Na ja … Obwohl, nee, Benjamin steht nicht auf so aufgetakelte Tussis. Ich hüpfe auf den Hof. Auf einem Bein. Sie müsste natürlich sein, superlocker, für jeden Unsinn zu haben. Haarfarbe? Hm. Keine Ahnung. Steht er mehr auf blond oder auf braun? Lange oder kurze Haare? Kleiner oder großer Busen? Keine Ahnung. Benjamin, das unbekannte Wesen – zumindest, was

Frauen angeht. Am besten, wir basteln eine Checkliste … Benjamins-Traumfrau-Checkliste …

Der Rafaniello-Hof ist gähnend leer. Aber die Tür zur Werkstatt steht sperrangelweit offen. Benjamin und seine alten Rostlauben. Sicher lässt ihn Patrick mal 'ne Runde in seinem superschicken Golf drehen. Dann wird der gute Benjamin schnallen, wie es sich anfühlt, in einem richtigen Wagen zu fahren …

„Benjamin, huhu!!!" Er hängt über der Kühlerhaube und schraubt an irgendeinem Teil rum. Ich tippe auf seine Schulter. „Huhu, ich bin's."

„Ist nicht zu überhören", muffelt er unter seiner Haube raus.

„Und?", frage ich erwartungsvoll.

„Und was?"

„Na Patrick. Mein Blind Date im Park. Gestern. Wie fandest du ihn?"

„Geht so", nuschelt er und putzt sich die ölverschmierten Finger an einem Fetzen ab, der in seinem ursprünglichen Zustand wohl mal hellblau gewesen sein muss.

Enttäuscht stemme ich meine Hände in die Seiten. „Geht so?", wiederhole ich empört. „Patrick ist … mein Traumtyp …"

„Schön für dich."

„Ein Hauptgewinn. Was Besseres konnte mir gar nicht passieren. Und was macht mein bester Freund? Statt sich mit mir zu freuen, nuschelt er ‚geht so' vor sich hin."

Benjamin drängelt mich unwirsch zur Garage raus. „Echt, Catharina. Keine Ahnung, warum du mich so von der Seite anmachst. Warum verziehst du dich nicht einfach zu deinem Traumboy?"

Ist doch wahr, denke ich. Eigentlich habe ich innerlich bereits versucht mit dieser Patrick-Geschichte die Friedenspfeife zu rauchen. Weiß der Geier, was Catharina an dem Typen findet, echt keine Ahnung. Und vielleicht sind das ja auch ihre ganz persönlichen Gründe, egal, ob ich den Typen voll scheiße finde. Martins weise Stimme erklingt in meinen Ohren.

Aber wie sie nun hier reingetänzelt kam. Dieses dämliche „Und?". Was soll ich denn sagen, Baby? Etwa: „Och, so supersüß, wenn du ihn nicht genommen hättest, ich hätte ihn an meinen Bruder vermittelt."

Total baff starre ich meinen besten Freund an. So eigenartig hab ich ihn noch nie erlebt. In all den langen Jahren unserer Freundschaft. Wenn ich's nicht besser wüsste, würde ich sagen, der Vollidiot ist eifersüchtig. Kann aber nicht sein. „Anmachst? Spinnst du jetzt? Hast du was Falsches gegessen? Ich bin's, Catharina. Wir unterhalten uns so, seit wir uns kennen. Ziehen uns auf. Seit ich denken kann."

Oh Mann, die moralische Schiene. „Und jetzt?", gebe ich brummig zurück.

Sie guckt mir tief in die Augen, ich kann gar nicht hinsehen. Fast etwas weinerlich sieht sie aus. Und ärgerlich. War ich ruppig? Viel eher müsste ich ja losstürmen und diesen Patrick-Typen in seinem Fusselgolf umnieten. Arnoldmäßig.

Ich blinzle Catharina von der Seite an. So eine tolle Frau. Sieht gut aus, ist ein guter Kumpel. Warum so ein Typ? Warum, Catharina – die Frage liegt mir auf der Zunge. Aber ich krieg sie nicht raus.

Er drängelt mich weg von der Garagentür und schließt das Tor. Ich bin wütend, traurig und enttäuscht, meine Augen werden ein bisschen feucht. Packe ihn am Overallärmel. „Was ist denn los, Benjamin? Worum geht's bei dir eigentlich?"

Benjamin schüttelt meinen Arm ab, als wäre er ein lästiges Insekt. „Ich muss zur Arbeit."

Sagt's und haut einfach ab. Lässt mich im Hof stehen wie bestellt und nicht abgeholt. Vollidiot. Mit hängenden Schultern sehe ich ihm nach. Hab ich was Falsches gesagt? Eigentlich hab ich kaum was gesagt. Vor unserer Parkaktion war er doch noch völlig normal.

Ich mach mich besser auf den Weg in die Schule, bin sowieso schon spät dran. Zum Glück habe ich meine Skates dabei, damit bin ich schneller als zu Fuß. Der Fahrtwind trocknet meine immer noch feuchten Augen. Benjamins dämliches Verhalten geht mir nicht mehr aus dem Kopf. Ich hab ihn noch nie so erlebt. Während unserer unendlich langen Freundschaft hat er mich noch nie so schräg behandelt. Wie ein eifersüchtiger Ehemann ... Eifersüchtig ... vielleicht ist er's ja wirklich. Denkt er, dass ich jetzt nur noch mit Patrick abhänge und für ihn keine Zeit mehr habe? Das könnte er mir aber auch ins Gesicht sagen, anstatt so blöd rumzuzicken. Wir haben doch immer über alles geredet. Blöder Kerl. Egal, soll er doch ruhig weiter Frust schieben, meine gute Laune vermiest er mir bestimmt nicht. Ich habe jetzt Patrick, brauche *ihn* sowieso nicht mehr.

Mit dem letzten Klingelzeichen wische ich ins Klassenzimmer, plumpse außer Atem auf meinen Stuhl. Erst mal tief durchatmen.

Plötzlich holt sich Sonja meine Hand und drückt sie ganz fest. Erstaunt drehe ich mich zu ihr. Sie lächelt mich an. Zum ersten Mal seit dem Zwischenfall im Keller sieht sie wieder ein bisschen relaxed aus. Gerade als sie den Mund öffnet, kommt auch schon die Baumgarten angedackelt.

„Guten Morgen, Herrschaften."

Die gute Frau ist mindestens Mitte vierzig und trägt immer noch Miniröckchen in allen Farben und Mustern. Sieht so was von lächerlich aus. Und so jemand soll uns Geschichte lehren. Die Entwicklung der Menschheit, der Zivilisation … und dann solche Röcke.

„Hier." Sonja stubst mich in die Seite und schiebt mir schnell einen kleinen hellgelben Zettel rüber. „Nicht schwanger!!!!!!" steht da mit dicker dunkelroter Druckschrift. Mann, bin ich froh für Sonja …

Unheil droht. Ein langer dunkler Schatten fällt über mich. Die Baumgarten. „Fräulein Himmelfarth, ich nehme an, Ihre Korrespondenz hat etwas mit unserem Stoff zu tun …", und zack, hat sie sich Sonjas Botschaft gekrallt, „… und daher werde ich sie jetzt für alle vernehmbar vorlesen …"

Das darf doch nicht wahr sein … „Nicht schwanger!!" schrillt es mit Baumgartens lauter Stimme durch den Klassenraum. Erstes Gekicher von den hinteren Plätzen. Die Baumgarten schreitet die Bänke ab, wedelt mit dem Zettel. „So, so, jetzt wissen wir also alle, dass Fräulein Catharina Himmelfarth nicht schwanger ist."

Nicht schwanger, aber gleich tot. Ich sterbe. Das ist der peinlichste Moment in meinem Leben. Die ganze Klasse brüllt und johlt. Diese gemeine, blöde, hinterhältige Minirock-Kuh. Ich schicke einen flehentlichen Blick zu Sonja. Sag doch was. Doch die zieht nur den Kopf ein. Schöne Freundin. Ich könnte sie killen. Auf der Stelle erwürgen. Obwohl, was könnte sie denn sagen? „Nicht Catharina ist nicht schwanger, sondern ich. Catharina kann gar nicht schwanger, beziehungsweise nicht nicht schwanger sein, weil sie noch nie mit einem Jungen geschlafen hat." Würde die Sache nicht wirklich besser machen.

„Genug jetzt!" Die Baumgarten gestikuliert mit den Händen wie eine Schauspielerin, die den Applaus des Publikums drücken will. „Jetzt wollen wir uns den nicht minder wichtigen Dingen des Lebens zuwenden, nämlich der Weimarer Republik."

Das Gelächter verstummt allmählich, die Meute zieht ihre

Hefte raus. Ich hocke immer noch da wie versteinert. So was von peinlich. Ich muss die Klasse wechseln, die Schule.

„Und jetzt fühlst du dich scheiße oder was?“ Chen lehnt sich über das Bierglas zu mir hinüber, ich starre verlegen auf meines.

„Na ja“, murmle ich. „Dieser Patrick …“

„Ich denke“, unterbricht mich Chen und schlürft an seiner Schaumkrone, „hier geht es um was anderes. Dieser Patrick ist doch überhaupt nicht das Thema.“

„Ach nee?“, frage ich trotzig.

„Lass doch diesen Kerl, Mensch, Benjamin.“ Chens Augen sind ernst. „Der Typ hat keinen anderen Fehler begangen, als dass er geboren wurde. Logisch bist du sauer. Der Kerl vergreift sich an deiner besten Freundin – aber hey … das ist im Grunde ihr Problem. Jetzt nerv dich nicht.“

Ich drehe mein Glas verlegen im Kreise. „Hast Recht“, sage ich leise. „Ich fühle mich scheiße. Als heute Catharina zu mir in die Garage gekommen ist …“, ich halte inne. Da habe ich einfach durchgedreht. Weil ich sie eigentlich so gerne habe. Weil sie wunderschön …

„Als sie in die Garage gekommen ist?“, fragt Chen und hebt die Augenbrauen.

Ich schlucke leer. „… da bin ich plötzlich so sauer geworden. Und habe ein paar Sachen gesagt, die mir danach Leid getan haben.“ Ich nippe an meinem Glas. „Und dann bin ich weggelatscht.“

Chen blickt mich verständnisvoll an. Dann zuckt er die Schultern. „Das renkt sich schon wieder ein.“

Ich sage nichts. Für einen Augenblick könnte ich einfach heulen. Grauenvoller Gedanke.

„Benjamin!“ Chen packt mich an den Schultern. „Nun entspann dich. Lass Catharina ihr Ding drehen und kümmere dich gefälligst um dich selbst. Du siehst ja uralt aus.“

Ich grinse etwas schräg. „Ich weiß auch nicht.“

„Hör mal, ich weiß, was dir fehlt“, er zwinkert mit den Augen: „Leute!“

Ich winke ab.

„Doch, doch“, insistiert Chen. „Du musst mal wieder unter die Leute. Und ich sage dir: Zur nächsten Party, auf die Mônica mich schleift, schleife ich dich mit. Okay?“

Ich muss lachen. „Mal schauen.“

„Nichts da, du wirst Ja sagen.“

„Okay, ich werde Ja sagen.“

Ich bin die Erste, die mit dem Klingelzeichen aus der Schule wetzt, Sonja hinter mir her.

„Mann, Catharina, warte doch. Es tut mir total Leid, echt." Sie erwischt mich an der Schulter.

Wütend reiße ich mich los. „Zu spät!" Erst der Auftritt von Benjamin, jetzt das, mir reicht's!

„Das hab ich nicht gewollt. Ich war wie gelähmt vor Schreck ..."

„Super!", fahre ich sie an wie eine Furie. „Danke, vielen Dank! Ich bin die Lachnummer der Schule! Nur weil du dich mit so einem Vollidioten einlassen musstet."

Sonja senkt ihren Kopf. „Ich wünschte, ich könnte das alles rückgängig machen", murmelt sie kaum hörbar. „Alles." Tränen kullern aus ihren Augen.

Scheiße. Sie tut mir Leid, sieht total elend aus. „Ach Mann, Sonja, komm her." Ich nehme sie in den Arm, drücke sie ganz fest an mich. „Weißt du was, wir beide gehen jetzt zu McDonald's und ziehen uns einen fetten Burger rein, dazu eine Portion Pommes rot-weiß. Für die Nerven ... Und wenn die anderen denken, ich bin nicht schwanger, dann sollen sie doch ...", füge ich erhobenen Hauptes hinzu, die Großmut in Person, bin stolz auf mich wie Oskar.

Sonja nickt und wischt sich verstohlen die Tränen aus

dem Gesicht. Hand in Hand schreiten wir durch das Schultor und marschieren zur Straße.

NEIN ... Das gibt's doch nicht. Ein silbergrauer VW-Golf. Patrick. Mit Ray-Ban-Brille im gegelten Haar. Er winkt mir zu, kommt auf mich zu. Begrüßt mich mit Küsschen. Wow! Sonja sieht mich total erstaunt an. Stimmt, sie weiß ja noch gar nichts von der SMS-Geschichte.

„Hi, Patrick."

„Auch hi, ich wollte dich abholen. Wie wär's mit einer kleinen Spritztour in der Mittagspause?"

Jajajajajaja ... halt. Sonja. Die versprochene Nervennahrung. Ich sehe sie an. Sonja hat verstanden. Sie nickt mir aufmunternd zu.

„Tja, ich muss dann mal los, viel Spaß, ihr zwei." Tapfer zieht sie von dannen, obwohl sie bestimmt platzt vor Neugier.

Patrick hält mir die Beifahrertür auf. Elegant gleite ich hinein, fühle mich wie eine Prinzessin. Mein Prinz startet durch und wir fahren an einem Grüppchen aus meiner Klasse vorbei. Die denken jetzt bestimmt, Patrick ist derjenige, von dem ich nicht schwanger bin, schießt es mir durch den Kopf. Ich muss kichern. Amüsanter Gedanke. Warum hab ich mich vorhin eigentlich so geärgert? Könnte ja durchaus sein. Ich meine, dass ich mit Patrick schlafen werde. Möglichst graziös schwinge ich meine Beine übereinander. Ganz eng, so, dass sie eine Linie bilden. Sieht bei den Frauen im Fernsehen immer supersexy aus. Ist aber tierisch unbequem. Meine Beine sind so käsig weiß gegen Patricks kräftige gebräunte Unterarme. Er hat seine Hemdsärmel fast bis ganz nach oben aufgerollt. Sieht total gut aus. Ganz kleine goldene Härchen kringeln sich auf seiner braunen Haut. Sind bestimmt total weich, laden ein zum Anfassen, zum Drüberstreichen. Jedesmal, wenn er schaltet oder fest am Steuerrad dreht, tanzen die Muskeln auf seinem Arm. Der Typ sieht einfach spitzenmäßig aus. Superklasse. Und so einer will mich, Catharina Himmelfarth. Ich fass es nicht.

Wir halten an einer Ampel. Patrick lächelt mich lieb an. „Ich musste die ganze Zeit an dich denken."

„Wo fahren wir hin?", frage ich, eigentlich nur, um etwas zu sagen.

Patrick gibt Gas. „Ich dachte, wir machen uns ein gemütliches Stündchen am See. Ich hab eine Decke dabei, hast du Lust?"

Lust? Und wie! Am See nebeneinander liegen, träumen, in den Himmel blicken, das Wolkenspiel beobachten. Kleine

Wellen plätschern, Grillen zirpen. Wir berühren uns zart, küssen uns, kommen uns näher und näher …

Pustekuchen. Wir hocken nebeneinander auf der Decke am See. Und um uns herum eine ganze Horde Banker. Kollegen von Patrick. Wohlgestylt, gut frisiert, die Krawatten gelockert. Mädels, einen Tick älter als ich, in dunklen Anzügen und weißen Blüschen mit akkuraten Scheiteln und hochhackigen Schuhen. Mit lautem „Hallo" haben sie Patrick begrüßt, mir nur ein beiläufiges Kopfnicken zukommen lassen. Wild gestikulierend diskutieren sie jetzt über Kontokorrent, Zinserhöhungen, Euro-Schwäche und Zentralbanken, knabbern dabei an Tramezzini und salatbelegten Mehrkornbrötchen … Ich hocke daneben, verstehe nur Bahnhof und komme mir vor wie Klein-Doofi. Patrick geht voll auf in der Runde. Ab und zu lächelt er mir zu. Nimmt die Ray-Ban ab und zwinkert verschwörerisch. Dann bin ich wieder ein kleines bisschen ausgesöhnt mit dem Stündchen am See.

8

Wir waren im Kino. Mission Impossible II. Ich fand den Film total bescheuert. Patrick fand es voll geil. Ich mag romantische Filme, was für's Herz. So was wie „Sleepless in Seattle“ oder „Titanic“. Zum Mitleiden, Mitfreuen, Mitheulen. Irgendwie haben wir nicht so ganz den gleichen Geschmack, Patrick und ich. Männer stehen wohl nicht auf so 'n Gefühlszeugs, das heißt, bis auf Benjamin … Mit ihm kann man sich stundenlang Herz-Schmerz-Schinken reinziehen, ohne dass er meckert oder nervt. Ach, Benjamin. Seit dem völlig grundlosen bescheuerten Garagenstreit ist Sendepause zwischen uns. Aber es ist nicht nur das Kino. Heute sind wir, Patrick und ich, genau zwei Wochen zusammen. Einmal habe ich versucht Benjamin anzurufen. Er war nicht da. Oder hat sich verleugnen lassen, Feigling. Patrick und ich, wir sehen uns fast jeden Tag, aber irgendwie … Patrick labert immer ohne Ende von seinen gigantischen Aktiendeals, von irgendwelchen Online-Millionären. Davon, dass er dazugehören will, wenn er zwanzig ist. Grässlich langweilig. Die Hälfte der Zeit verstehe ich sowieso kaum, wovon er redet. Und nachfragen will ich nicht ... Am schärfsten finde ich, wenn mich Patrick von der Schule abholt. Wenn er voll cool an seinem Golf lehnt, die Sonnenbrille in den gesträhnten Haaren und auf mich wartet. Der Neid aller Mädels ist mir dann sicher. Oberaffengeil findet ihn Melanie. Hammerhart Sonja.

Vor meiner Haustür hält Patrick den Golf an. Lehnt sich zurück, beugt sich zu mir, sieht mir in die Augen. Streicht mir über die Haare. Zieht meinen Kopf ganz nah zu sich heran. Seine Lippen berühren meine. Seine Zunge versinkt in meinem Mund. Ich spüre seine Hand, die an meinen nackten Schenkeln entlanggleitet.

Klopfklopfklopf. Und noch mal. Klopfklopfklopf. Oh Gott! Mein Herz! Schreck lass nach. Wir fahren auseinander. Mams Gesicht an der Autoscheibe. Wütend, stinkwütend.

Sie reißt die Autotür auf wie die Rachegöttin höchstpersönlich. „Da ist ja endlich das gnädige Fräulein ... Du wolltest heute Nachmittag im Laden sein, schon vergessen?“, fährt sie mich an und verschwindet wieder. Wie ein böser Traum.

Shit. Stimmt. Heute ist Dienstag. Mams wichtiger Termin, sie hatte mich gebeten gleich nach der Schule im Blumengruß aufzutauchen.

Schuldbewusst ziehe ich den Kopf ein und hangele mich aus dem Wagen. „Patrick, ich …“

„Also dann“, ruft mir Patrick knapp zu, lässt den Motor an und drückt auf die Tube.

Ist das peinlich … Wie ein begossener Pudel trotte ich hinter Mam durch die Tür, dann packe ich sie mir. „Sag mal, musste das echt sein? Mam, du hast mich total blamiert. Konntest du mir diesen Auftritt nicht ersparen? Wer weiß, was Patrick jetzt von mir denkt …“

Mam dreht sich um. Ganz langsam. Total wütend. Hochexplosiv. Die Augen blitzen. Ihre Stimme ist scharf, schneidend. „Catharina. So geht das nicht weiter. Das war das dritte Mal in zwei Wochen, dass du nicht wie vereinbart im Laden aufgetaucht bist. Seit du mit diesem Patrick rumziehst, ist auf dich kein Verlass mehr. Noch weniger als sonst.“

Ich stampfe trotzig mit dem Fuß, bin mindestens so wütend wie sie. „Trotzdem, wie konntest du mir das antun, mich so unendlich blamieren? Das verzeihe ich dir nie!“

Mam seufzt tief und streicht sich mit der flachen Hand über die Stirn. „Catharina. Verdammt, es ist auch für uns nicht einfach, verstehst du."

„Toll!", wüte ich weiter.

„Dein Vater und ich, wir kämpfen ums Überleben mit dem Laden. Was soll aus uns werden, wenn wir den Laden schließen müssen? Wovon sollen wir leben?"

Klasse. Jetzt hat sie's geschafft. Meine Wut verraucht. Fühle mich nur noch schuldig. Klein und schlecht. Ich amüsiere mich und meine Eltern müssen sich abrackern. „Tut mir Leid", murmele ich kleinlaut.

Mam streicht mir über die Haare. „Versprich mir, dass ich mich in Zukunft auf dich verlassen kann."

„Versprochen", sage ich und meine es auch so.

„Okay", nickt Mam. „und jetzt machen wir uns was zum Essen."

„Pizza?"

„Pizza!" Mam zieht eine Quattro-Stagioni-Pizza aus der Tiefkühltruhe, wurstelt sie aus der Folie und verfrachtet sie in den Ofen. „Und jetzt erzähl mal. Was ist denn dieser Patrick für ein Typ ..."

Ich hocke mich auf den Küchentisch und baumele mit den Beinen. „Süß. Er ist sehr süß."

Mam zieht Geschirr aus dem Schrank. „Süß. Ist das alles?“ Sie sieht mich prüfend an. „Bist du verliebt in ihn?“

Gute Frage. Meine Beine baumeln einen Tick schneller. Bin ich in Patrick verliebt? So *richtig*?

„Tja … doch … schon … ich denke … du, Mam, was ist eigentlich … Liebe? Wie fühlt sich das an? Woher weiß ich, dass ich verliebt bin? Ich meine, so richtig … verliebt?“

Mam sieht mich an, als würde sie mich zum ersten Mal sehen. „Du stellst mir vielleicht Fragen.“

He, wen soll ich denn sonst fragen? Sonja? Melanie? Benjamin? Die haben doch alle von Tuten und Blasen null Ahnung. Den Biolehrer? Der kommt höchstens mit der Geschichte von Bienchen und Blümchen.

„Liebst *du* Dad eigentlich noch?“

Schweigen. Mam rollt den Pizzaschneider zwischen ihren Fingern. „Ja, ja sicher, natürlich.“

Kam aber gar nicht überzeugend.

„Weißt du, wenn man so lange zusammen ist, dann ändert sich das alles …“

Aha. Also doch.

„Aber am Anfang, ich meine, warst du da so richtig in Dad verliebt?“

„Ja, sicher, schon.“

„Klingt aber nicht so."

„Unsere Beziehung war anders, es war nicht Liebe auf den ersten Blick. Dein Vater hat um mich gekämpft. Er hat mir geholfen. Mich erobert."

Klingt spannend. „Wie geholfen?"

„Na ja, da war ein anderer ..."

„Ein anderer??"

Mam nickt mit großen leuchtenden Augen. „Er hieß Samuel ..."

„Weiter", stoße ich atemlos hervor und beobachtete fasziniert meine Mutter. Ich habe sie noch nie so gesehen. Einen schwärmerischen Ausdruck in den Augen, die Wangen gerötet. Seltsam, wenn man plötzlich entdeckt, dass die eigene Mutter nicht nur Mutter, sondern auch eine Frau ist, eine Vergangenheit hat. Eine geheime Liebe.

„Du hast ihn geliebt, diesen Samuel? So richtig?"

Mam nickt. „Wir haben uns heimlich getroffen. Ich war so aufgeregt, konnte nichts mehr essen, nicht mehr schlafen, kaum noch schnaufen. Und den ganzen Weg zu ihm litt ich unter Schüttelfrost, obwohl es Sommer war. Mein ganzer Körper hat gezittert."

Wow. „Hast du mit ihm ... geschlafen?" Schon komisch, der eigenen Mutter so eine Frage zu stellen.

Mam zieht eine Augenbraue hoch. „Nein! Natürlich nicht!", sagt sie entrüstet. „Ich war damals siebzehn und ganz so locker wie heute bei euch war das noch nicht."

„Und dann?"

„Tja, Samuel arbeitete bei einem Wanderzirkus." Mutter lächelt. „Du weißt schon, so ein Ding mit drei Eseln, einem alten Gaul und fünf Tauben. Irgendwann zog der Zirkus weiter. Mit ihm Samuel. Ich wollte mit. Hätte alles für ihn aufgegeben."

„Echt?!" Meine Mutter in einem Wanderzirkus. Unglaublich …

Sie seufzt tief. „Doch für ihn war ich nur eine kleine Affäre. Eine von vielen. Er wollte nur ein bisschen Spaß."

„Und dann?", frage ich atemlos.

Mams Fingerspitzen gleiten die Schneide entlang. „Na ja, er ist mit dem Zirkus verschwunden, ich hab nie wieder etwas von ihm gehört. Es hat verdammt weh getan. Körperlich. Es war, als würde mein Herz brennen. Ich war todtraurig, wollte nicht mehr weiter leben."

„Puh!" Ist das aufregend.

„Aber dann kam dein Vater." Mam richtet sich wieder auf, zieht die Schultern zurück, der träumerische Ausdruck weicht aus ihren Augen. Mam zurück auf der Erde. Im wirklichen Leben. Sie ist wieder ... meine Mutter. „Und alles wurde gut. Dann kamst du und ich war glücklich." Sie widmet sich dem Ofen. „Die Pizza ist fertig."

„Ja, aber ... hast du nie versucht ihn wieder zu sehen? Ihn gesucht ...?"

„Nein, warum? Er wollte mich nicht. So ist das Leben."

„Also ich würde meine große Liebe nicht so einfach aus meinem Leben verschwinden lassen."

Mam hievt die Pizza auf einen Teller. „Große Liebe ... Ich kannte nicht einmal seinen richtigen Nachnamen."

Ich hüpfe vom Tisch. „Ich weiß was. Du bewirbst dich bei einer Talkshow, so was wie ‚Ich will dich wieder sehen' oder ‚Wo bist du ...?' Und dann, stell dir vor, nach so vielen Jahren stehst du deinem Traummann gegenüber ..."

Mam knufft mich leicht in die Seite. „Quatschkopf. Komm, wir essen." Sie überlegt, kichert vor sich hin. „Wahrscheinlich ist Samuel mittlerweile kugelrund, trägt Brille, hat fünfzehn Kinder, lebt von der Sozialhilfe ..."

„Oder auch nicht."

Mam zupft einen Faden Mozzarella von ihrem Pizzastück, zieht ihn in die Höhe und sieht ihn nachdenklich an. „Weißt du, Catharina, manche Träume sollte man sich besser bewahren. Und so wird Samuel für immer das bleiben, was er ist: eine bitter-süße Erinnerung." Sie kappt den Faden entschlossen mit dem Finger.

„Ach, Catharina, bevor ich's vergess", ihre Stimme ist jetzt wieder hundertprozentig Mam. „Frau Laubinger lässt fragen, ob du am Wochenende mal wieder im Ferienlager aushelfen könntest?"

„Geht klar", nicke ich geistesabwesend. Meine Mutter. und ein Typ vom Wanderzirkus. Kaum vorstellbar. Aber klar, Mütter kommen ja nicht als Mütter auf die Welt. Trotzdem. Puh! Wenn ich mir vorstelle, dass meine Eltern Sex miteinander haben.

Jeaaaaaaah", brüllen wir.

Eine Fontäne aus Wasser und Dreck schießt vor der Motorhaube senkrecht in die Luft und bricht sich an der Windschutzscheibe. Die uralten Scheibenwischer haben ihren Dienst vor lauter Schlamm aufgegeben.

„Früher haben sie eben noch richtige Autos gebaut", ruft Martin und dreht wie ein Verrückter am Steuerrad. Mit einem dumpfen Brummen donnert unser Jeep die von Schlaglöchern übersäte Waldstraße entlang. Auf einer kleinen Kreuzung reißt er einen Stopp. Hinter dem penetranten Ölgeruch duftet der Wald vor lauter Sommer. Durch feinen Nebel fällt das Licht in weichen Bändern durch die Bäume.

„Na?“ Martin schaut mich herausfordernd an. „Willst du mal?“, fragt er und deutet auf das Steuer.

„Na klar“, sage ich.

Montagnachmittag, mein freier Tag. Etwas später thronen wir gemütlich auf den alten Sitzen und blicken vom Waldrand auf die Stadt hinunter. Wir sagen lange nichts, schmauchen wie zwei alte Käuze unsere Zigaretten, die als einziges keinen Schlamm abbekommen haben.

„Schön hier, nicht wahr?“, fragt Martin.

„Hmm“, nicke ich bejahend. Ich blinzle durch die sonnenbestrahlten Blätter, die sich über meinem Kopf wiegen.

„Und, wie läuft's denn in der ‚goldenen‘ Küche?“

Ich grinse. „Na“, antworte ich, „es ist nicht alles Gold, was glänzt. Auch ein Hirsch nicht.“

Martin schmunzelt. „Kann ich mir denken. Hat's der Albrecht immer noch auf dich abgesehen?“

„Und wie. Aber allmählich nehme ich das Ganze etwas gelassener.“ Ich räkle mich genüsslich in der Sonne. „Ich meine, ich nehme auch nicht mehr alles ganz so ernst, schließlich weiß ich, dass ich arbeiten kann. Mehr als der

Albrecht, der vor allem brüllt und säuft. Als Lehrling bist du halt eben ein Furz."

„Das ist wohl so." Es ist Martin anzusehen, dass er findet, dass das im Grunde ziemlich daneben ist. Schade, dass Martin keinen Lehrling hat. Wäre bestimmt cool für ihn zu arbeiten. Auf der anderen Seite habe ich null Bock auf eine Spenglerei. „Magst du eigentlich deinen Job?"

Martin kratzt sich nachdenklich am Kinn und überlegt. „Eigentlich schon. Ist nicht gerade ein Wahnsinnsjob und reich wirst du dabei schon gar nicht. Aber die zwei Jahre, die ich in der Mercedes-Garage in Stuttgart gearbeitet habe, haben gereicht, um mir die Flausen in Bezug aufs Reichwerden auszutreiben."

„Ah ja?" Ich schaue ihn fragend an. Martin hat nie viel von dieser Zeit erzählt.

Er nickt. „Es gibt viel zu viele dämliche Reiche. Im Ernst. Außerdem ist Reichtum immer eine Kombination aus Geld und Zeit: Wenn du keine Zeit mehr hast, um zu leben, was soll dann die Kohle?"

Ich runzle die Stirne. „Trotzdem: Eine Menge Geld wäre schon toll."

Martin rümpft die Nase. „Aber um welchen Preis? Ich finde, Geld hat nur einen Zweck: Um dir Freiheit zu kaufen."

„Was denn für Freiheit?"

„Na, zu tun, was du möchtest. Worauf du Lust hast. Und dafür brauchst du gar nicht viel."

„Ich bin da nicht so sicher."

„So", antwortet er. „Was würdest du denn mit viel Geld machen?"

Ich überlege. „Vielleicht Mama und Papa helfen, damit sie sich nicht täglich in den Haaren liegen müssen wegen des fehlenden Umsatzes im Laden."

Martin seufzt. „Ein schöner Gedanke. Allerdings bin ich mir nicht so sicher, ob das die beiden versöhnen würde. Und ob sie dann ihr Leben positiv sehen könnten."

Ich gebe zu, dass mir dieser Gedanke auch schon gekommen ist. Ich glaube, Mama und Papa haben sich einfach nichts mehr zu sagen. Manchmal habe ich fast das Gefühl, sie streiten aus Langeweile. Und auch der Laden – klar ist das ihr Leben, aber irgendwann muss man doch einfach einen dicken Schlussstrich unter allem ziehen können.

„Wie geht's denn den beiden?", fragt Martin.

Ich winke ab. „Papa und ich sehen uns kaum noch. Und auf Diskussionen mit Mama will ich mich gar nicht einlassen. Entweder will sie mich mit sinnlosen Ratschlägen zupappen, oder sie kommt mir auf ihrer New-Age-Welle. Aber der Albrecht ist irgendwie nicht die richtige Person, um Nächstenliebe zu üben …"

Wir lachen beide. Aber nicht wirklich herzlich. Eigentlich ist es vielmehr tragisch. Ich mag gar nicht erst davon erzählen und Martin spürt es instinktiv. Schließlich halte ich die Stellung, egal, wie viel Martin auch nach beiden fragt. Und egal, wie viele Früchtekörbe meine Mam noch an Thomas schicken wird.

„Und", fragt Martin, „was würdest du denn mit viel Geld machen? Ich meine, du ganz für dich. Was wäre dein Traum?"

Ich schließe nachdenklich die Augen. „Mein Traum", wispere ich und suche die Bilder, die ich manchmal vor dem Einschlafen sehe. „Vielleicht ein kleines Restaurant irgendwo, möglichst weit weg. An einem Ort, an dem es immer warm und sonnig ist. Und in der Nacht ein klarer Sternenhimmel."

„Australien?"

„Ich weiß nicht, ich war ja noch nie da …"

„Südamerika? Palmen, weißer Strand, mandeläugige Frauen und dein kleines, bunt bemaltes Paradies?"

Ich grinse lustvoll. „Vielleicht …"

Martin gibt mir einen freundschaftlichen Klaps. „Na, wer weiß, Benjamin."

Mandeläugige Frauen und sanft wiegende Palmen. Ja,

das wäre schon was. Da würde ich auch gerne noch etwas im „Hirsch“ leiden. Und dann, in einigen Jahren ...

„Wie geht’s eigentlich Catharina?“

Die Frage kommt plötzlich. Ich zucke halbherzig die Schultern. „Weiß nicht. Haben uns lange nicht gesehen.“

„Ihren Freund hat sie noch?“

„Ich nehme es an. Was weiß ich denn.“

Martin nimmt die Baseballmütze ab, fast etwas vorwurfsvoll: „Habt ihr euch seither nicht mehr gesprochen?“

Unangenehme Situation. Habe irgendwie überhaupt keine Lust darüber zu reden. Es ist, als gäbe es hundert Stimmen in mir, und die sagen alle etwas anderes – nicht über Patrick, über Catharina. Gestern habe ich sie von weitem auf der Straße gesehen. Ich wollte hin und wollte wegschauen. Ich wollte ihr zurufen und habe einen fiesen Spruch über sie gemacht. Ich vermisse sie und will sie nicht mehr sehen.

„Kein Kommentar, Benjamin Rafaniello?“, hakt Martin nach.

„Kein Kommentar“, bestätige ich trocken.

„Na, das wird schon wieder“, sagt er und startet den Motor des Jeeps. Knirschend legt er den Gang rein und rumpelt auf dem zerfurchten Waldweg retour.

Da wäre ich nicht so sicher, antworte ich in Gedanken.

9

Freitag. Zwei Tage sind seit der superpeinlichen Fensterklopfaktion vergangen. Patrick habe ich seitdem nicht mehr gesehen. Er hat mich nicht mehr von der Schule abgeholt. Ich habe ihm ein paar SMS geschickt. Er hat nur geantwortet, er hätte zur Zeit eben viel zu tun. Faule Ausrede. Ist bestimmt wegen der Geschichte mit Mam.

Mir geht's nicht so gut. Ich bin ein bisschen down, hänge durch. In der letzten Stunde gab's heute auch noch den Mathetest zurück. Eine glatte Fünf. Knallrot, fett, am oberen Zeilenrand. Scheiße. Langsam wird's ein bisschen eng. In Physik sieht's zappenduster aus, in Bio müsste ich auch einen Gang zulegen. Nur gut, dass das Schuljahr gerade erst begonnen hat, ich hab ja noch ewig Zeit ...

Unentschlossen trödele ich den Gehsteig entlang, kicke kleine Steine mit meinen Sneakers. Habe null Lust jetzt nach

Hause zu gehen. Ob ich einfach bei Patrick in der Bank vorbeischauen soll? Nur mal kurz hallo sagen. Mich für Mam entschuldigen? Vielleicht hat er Zeit für ein Eis. Wir sitzen nebeneinander, er hält meine Hand, wir löffeln den Liebesbecher …

Kick … halt … Moment … das … das ist doch … ich glaub's nicht. Da ist Patrick. Auf der anderen Straßenseite. Auf einer Bank. Neben ihm eine Blondine. Knappes Nadelstreifen-Kostümchen. Seidig weiches Blondhaar.

Rasch eile ich zum Bäckerladen und verstecke mich hinter dem Heute-im-Angebot-luftig-frische-Käsesahnetorte-Stück-zwei-Mark-fünfundneunzig-Schild.

Jetzt beugt sich Patrick ganz nah zu der Tussi. Fasst sie an der Schulter. Streicht ihr sogar über die Haare, ziept an einer Strähne. Die Zicke kichert. Patrick auch. Wirken total vertraut die beiden. Jetzt nimmt er ihre Hand. Wie damals bei mir. Sie macht sich los. Er fasst in ihre wohlfrisierten Haare und küsst sie rechts und links. Intensiv. Langsam. Das ist kein Abschiedsküsschen guter Bekannter. Da läuft was zwischen den beiden. Ich spüre die Spannung bis hierher, bis hinter das Käsesahnetortenschild.

Nun trennen sich ihre Wege, jeder marschiert in eine andere Richtung. Sie drehen sich um, winken sich zu. Sie wirft ihm ein Kusshändchen hinterher.

Scheiße. Ganz langsam richte ich mich auf. Und jetzt? Minutenlang stehe ich unschlüssig auf dem Fleck und starre auf meine Schuhspitzen. Fühle mich komisch, höre in mich hinein. Normalerweise müsste ich platzen vor Eifersucht. Wie sagte Mam? Es tat weh, es war, als ob ihr Herz brennen würde ... Brennt mein Herz? Es schlägt weiter. Gleichmäßig. Im Takt. Bin ich eifersüchtig? Irgendwie ... nicht so richtig. Die beiden passen zusammen, sind ein schönes Paar. Scheiße. Ich muss mit Benjamin darüber reden.

Halt. Verdammt. Geht ja nicht. Wir befinden uns ja immer noch im Zustand des kalten Kriegs. Scheiße. Er hatte Recht. Patrick war wohl wirklich nicht der Richtige für mich. Aber nie im Leben werde ich das zugeben. Vor ihm. Und außerdem: Er hätte mich echt nicht so anmachen brauchen. *Ich* mache nicht den ersten Schritt. Nie im Leben. Obwohl ich jetzt nichts auf der Welt lieber tun würde, als mich bei Benjamin auszuheulen. Ihn in seiner stinkigen Küche besuchen. Meinen Kopf an seine Schulter lehnen. Spüren wie seine Hände tröstend über mein Haar streicheln. Hören wie er sagt: „Schieß los ..."

Wie wäre es denn damit?" Mônica hält mir ein schwarzes Hemd hin, irgendwelche supertechnoide Synthetik, der Stoff glänzt wie die Galauniform von Jean-Luc Picard.

„Nee, ich weiß nicht ...“, sage ich. Ist ja gut gemeint von Mônica, mich mit Chens Sachen für heute Abend einzukleiden, aber ich glaube, das wird nicht funktionieren. Die Party nicht und schon gar nicht die Klamotten.

„Benjamin“, stöhnt Mônica vorwurfsvoll, wenn auch nicht ganz ernst gemeint. „Wir können einen so tollen Mann wie dich doch nicht mit einer Küchenschürze auf eine Garagenparty schicken.“

Ich zucke mit den Schultern. Erstens gehe ich fast nie zu einer Party – außer vielleicht einer Nicht-Geburtstagsparty wie die von Catharina letztlich. Und zweitens habe ich echt keine Kohle für ausgefallene Klamotten.

„Ich weiß nicht ...“, wiederhole ich noch mal, „ist irgendwie nicht so ganz mein Stil.“ Etwas verlegen fummle ich an dem schwarzen Shirt rum. Außerdem bin ich für so was viel zu dünn. In Chens Oberweite hätte gleich zweimal ein Benjamin Platz. Eine Tatsache, die Mônicas kritischem Blick nicht entgangen ist. Etwas ratlos zuppelt sie an mir herum. „Nee, funktioniert nicht für dich ... ausziehen!“

Während ich das Oberteil wieder aufknöpfe, schürft sie weiter in Chens Kleiderkiste nach dem richtigen Stück Stoff.

„Du wirst es nicht bereuen“, tönt sie dumpf aus den Tiefen, „das wird eine echt heiße Party.“

„Hmh“, gebe ich leise und undefinierbar von mir. Und ertappe mich dabei, auf Mônicas Hinterteil zu gucken, dass in zarten Bewegungen vor mir hin und her tänzelt. Auf ihrem Rücken zeichnet sich fein der BH-Verschluss ab. Irgendwie komme ich mir hier falsch vor, im falschen Film, in den falschen Hosen, im falschen Schlafzimmer. Chen ist schon seit einigen Tagen wild entschlossen mich unter die Leute zu bringen, und Mônica hat die Idee natürlich wie das Ei des Kolumbus aufgegriffen. Einmal habe ich noch gekniffen, als die ganzen In-People sich im „Blue Note“ verabredet hatten. Und dann das Garagenfest und ich musste Ja sagen. Das war heute Nachmittag.

„Jetzt hab ich's“, gibt Mônica die Erleuchtung aus der Kleiderecke bekannt.

Irgendwie habe ich überhaupt keinen Bock. Auf Leute, auf Lärm. Bin schon ein bisschen am Vereinsamen, das mag schon sein, aber trendy ist nun mal nicht meine Welt. Meine kräftigen Oberarme sind vom Kochen, nicht aus dem Studio, meine Musik ist gleich alt wie Martins Jeep und ein Schickeria-Girl nenn' ich nicht mein eigen. Meine einzige Freundin ist Catharina und mit der vögle ich nicht mal ... das heißt: war Catharina.

„Was hältst du davon?“ Sie hält einen silbergrauen leichten Pulli hoch, mit V-Ausschnitt und einer weißen Linie quer über der Brust.

Und wenn ich jetzt nicht diesen Pulli anziehen und auf diese Party gehen, sondern mit dir auf dieses Bett sinken und mit dir schlafen möchte? Oder … mit jemandem, der so aussieht wie du? „Nicht schlecht, Mônica", sage ich.

Aus der Traum. Ausgepatrickt. Zu Hause kuschele ich mich in die Wohnzimmercouch und befreie die zwei Stück Käsesahnetorte aus ihrer Verpackung. Die hab ich mir aus der Bäckerei mitgenommen. Musste einfach sein. Ganz tief bohre ich meinen Finger in die klebrige weiße Masse, schwenke einmal durch die Sahnehaube, dann verschwindet die Ladung in meinem Mund. Mhmmm. Schmeckt lecker. Tut gut. Normalerweise mache ich mir nicht so viel aus Süßem. Nur wenn's mir schlecht geht. Also gut. Die Geschichte mit Patrick ist wohl over. Nächster Käsesahnedurchgang. Und wenn ich ganz, ganz, gaaaaanz ehrlich bin, ist das auch kein richtig großer Verlust. Einen Freund haben, verabredet sein, das war klasse. Aber so richtig die dicke Horde Schmetterlinge im Bauch, die weichen Knie vor dem Rendezvous, die elektrischen Schläge, wenn man sich berührt – das alles habe ich bei Patrick nie gefühlt. Finger zurück in die Käsesahne.

Es klingelt. Patrick? Meine klebrige rechte Hand strecke ich weit von mir und wandere zur Tür. Melanie.

„Du bist ja noch gar nicht umgezogen", motzt sie mich gleich an.

„Wie? Wieso?"

„Mann, wir haben doch Sondertraining heute, schon vergessen?"

„Ach du Schande …"

Melanie gibt mir einen energischen Schubs. „Los, los, zieh dich um …" Ihr Blick fällt auf meinen ausgestreckten Arm. „Wasch dir die Pfoten und ab die Post."

„Yes, Sir." Gehorsam verziehe ich mich ins Badezimmer. Sehr gut, nicke ich meinem Spiegelbild zu. Superhartes Hip-Hop-Training, das ist genau das, was ich jetzt brauche.

Die beweglichen Lampen an der Garagendecke sehen aus wie eine Flotte von außerirdischen Raumschiffen, die die Tanzfläche mit flackerndem Licht bombardieren, und die Leute wie eine Horde Wahnsinniger, die sich in Massenhysterie ins Nirwana steigern wollen. Irgendwo dazwischen habe ich vorhin kurz mal Mônica gesehen, wie sie nabelfrei in knallengen Armyhosen und rosa Spaghettitop herumtanzt. Ich weiß nicht, ob sich ihr Körper am Rhythmus orientiert oder umgekehrt. Fetter Beat, „Detroit“, hat Chen gesagt – für mich tönt es wie eine Schredderanlage, schon noch geil, aber auch einfach ein bisschen zu viel.

„Schau dir all die Menschen an“, brüllt Chen mir zu und schwingt seine Colaflasche, „auch das ist ein Stück Leben, mein Freund. Nicht nur Yin, auch Yang: Spannung, Wildheit, Unternehmung.“

Ich nicke etwas halbherzig und zupfe an meinem silbergrauen Pulli, der immer etwas schief über meine Schultern hängt.

„Hey, hey“, ertönt da eine Frauenstimme. Melanie. Kein Wunder, dass die auch hier ist. Sie lehnt sich über Chens Schulter und küsst ihn auf die Wange. Er nimmt es gleichmütig hin, ganz schön cool, ein leises Lächeln nur. Dann schaut sie zu mir und ich zucke fast ein wenig zusammen. „Hallo, Benjamin“, zwinkert sie mir zu und mir läuft ein Schauer über den Rücken. Sie trägt ein gelbes Oberteil und ihre Brüste wogen in dem quadratischen Ausschnitt wie zwei aufgehende Halbmonde.

„Setz dich doch“, sagt Chen und zieht mit dem Fuß einen Stuhl herbei. Ich wühle in meiner Hosentasche nach einer Zigarette. Melanie setzt sich willig, Chen nicht aus den Augen lassend. Während ich nach meinem Feuerzeug suche, tauschen die beiden einige Worte aus, die ich in dem Lärm nicht verstehe. Ich versuche angestrengt die Musik wegzufiltern, ohne dass es auffällt und lächle möglichst verständnisvoll, wenn Melanies Blick auf mich fällt. Ihre Augen leuchten, Mann, sie sieht toll aus. Sie hat sich lange Linien um die Augen geschminkt, ein wenig wie Kleopatra und ihre Lippen glänzen feuerrot, als wären sie feucht. Nach einer Weile sagt Chen überlaut, dass Melanie nun doch die Tanzfläche unsicher machen sollte, etwas wovon bestimmt schon alle männlichen Partygäste träumen. Sie lacht lustvoll, blickt kurz zu mir und scharwenzelt dann los. Ihre Hüften wiegen beim Davonlaufen und ich merke, dass ich einen Ständer habe. Schnell schlage ich die Beine übereinander und streife verlegen die Asche meiner Zigarette ab.

„Boah“, mache ich zu Chen. Doch der winkt ab. „Ach“, sagt er und lehnt sich neben mich. „Melanie eben …“

Ja, eben, denke ich. Heiße Biene.

„Keine Frau für dich, Benjamin, too much Tussi“, sagt er und beobachtet scharf die Tanzfläche, als ob er dort die richtige Frau für mich suchen würde. „Nicht jede schöne Blume duftet auch gut“, sagt er geheimnisvoll. „Nicht jede treibt auch schöne Früchte.“ Und seine Augenbrauen zucken. Ich glaube, ich verstehe nicht ganz, was er meint, aber ich traue mich nicht zu fragen und nicke einfach. Und zucke auch mit den Augenbrauen.

Plötzlich zeigt er auf den Dancefloor: „Schau dir die mal an." Mônica, die Arme in Schlangenbewegungen über dem Kopf, die Knie leicht eingeknickt, tanzt im Delirium zur immer schneller werdenden Musik. Die Umstehenden haben respektvoll einen Kreis gebildet, einige Typen starren gierig, ich glaube sogar Gunnar aus der Ferne zu erkennen, mit glänzenden Äuglein. Ihr gegenüber bewegt sich ganz in Schwarz ein Spiegelbild, die schwarzen Haare zu zwei Schwänzchen zusammengebunden, mit weißen Fingernägeln, die wie leuchtende Punkte um ihren dunklen Körper flitzen. Ihre Augen sind genießerisch geschlossen.

Wow. Mir wird ganz flau. „Wer ist das denn, da neben Mônica?"

Chen grinst mich an. „Das ist Beate. Wollen wir?", und er zeigt in Richtung der beiden.

Oh Mann, ich kann doch nicht tanzen. „Vielleicht später", antworte ich. Ich muss mich hier ja nicht zum Idioten machen. „Ich hole mir mal ein Bier", gebe ich als Entschuldigung an. Das kann ich jetzt sowieso brauchen. Chen nickt, wir stehen auf und ich fasse die Bar ins Auge. Ziemliches Gedränge hier drin, ich drücke mich an den Betonpfeilern der Garage vorbei, in meinem Kopf dreht es sich, Melanie, Mônica, Beate – Mensch, was mache ich hier?

Ich finde eine Lücke in der Menge, die die Bar – gestapelte Kartoffelkisten? – belagert, lehne mich über die Tischfläche und brülle „Bier". Der Barkeeper greift in einen Kühlschrank von gewaltiger Dimension, während ich versuche einen möglichst coolen Eindruck zu machen. Da entdecke ich neben mir plötzlich ein bekanntes Gesicht.

Ein sehr bekanntes Gesicht. Catharina?

Benjamin sieht mich an, als wäre ich eine Erscheinung. Hat überhaupt einen ziemlich bekloppten Gesichtsausdruck, mein ehemaliger bester Freund. Hängt an der Bar und zieht sich Bier rein. Wir haben uns nun schon seit einer ganzen Weile nicht gesehen und gesprochen. Er fehlt mir. Er dagegen scheint sich supergut auch ohne mich zu amüsieren. Früher, also, als alles noch in Ordnung war, hat er immer abgelästert über Typen, die in solchen Läden rumhängen. Nie im Leben hätte ich erwartet ihn hier zu treffen. Komisch sieht er aus. Seltsames Outfit. Silbergrauer Pullover mit V-Ausschnitt. Hab ich noch nie an ihm gesehen.

Catharina! Ich glaub's nicht. Sie taucht vor mir auf wie ein Eskimo in der Sahara. Ihr vertrautes Gesicht in dieser so fremden Welt. Schau, schau, sie vergnügt sich also bestens. Vermutlich war sie mit ihrem Schickimickitypen jeden Abend hier, kein Wunder, dass wir uns nicht mehr gesehen haben, kein Wunder, dass sie nie angerufen hat. Was für ein Scheißort, plötzlich wird es mir ganz und gar bewusst: Der Lärm, die Typen ... irgendwie tut es weh, Catharina hier zu sehen ... Wenn ich an all die Abende denke, die wir zusammen verbracht haben, geredet, gekocht, zugehört, erscheint mir das hier alles so leer. Und am leersten ist, dass dies nun Catharinas neue Welt ist. Was soll ich da sagen?

Ich will weg. Fühle mich total unwohl. Wie ein Alien. Hätte Melanie mich nur nicht mitgeschleift. Das Training war heftig heute, Gérard gnadenlos. „Ich muss noch 'ne Runde abtanzen", hat Melanie angekündigt, sich in ihr megaknappes zitronengelbes Minitop gepresst, die Lippen angemalt wie eine leuchtend rote Ampel und keinen Widerspruch gelten lassen. „Komm schon, Catharina, ein bisschen Ablenkung tut dir auch gut. Seit der Geschichte mit Patrick hängst du nur noch rum wie ein Schluck Wasser in der Kurve."

Wo sie Recht hat, hat sie Recht. Stehe im Moment irgendwie neben mir. Weiß nicht, was ich will, was ich nicht will. Vermisse Benjamin. Es gibt nur eine Chance: Ich muss diesen Wettbewerb gewinnen. Und dann raus hier in die große weite Welt, Karriere machen, massig Spaß, jede Menge Kohle …

Ich frage mich, wo ihr Typ rumhängt. Ob er wohl gleich auftaucht, Mr Wonderful, mit Hundeaugen und Waschbrettbauch? Ob Catharina wohl schon mit ihm in der Pfanne war? Gevögelt wie die Wilden? Nein, ich will es gar nicht wissen. Ist das nun der Nullpunkt am Ende einer langen Freundschaft?

Na ja, vielleicht verdient Ms Hip-Hop ja auch einen besseren Freund als einen Koch. Einen cooleren, einen mit mehr Kohle. Einen, der sich in ihrer Welt auskennt. Wir sehen uns an und ich habe das Gefühl, das Schweigen dauert schon so lange wie im Dornröschenschloss. Meine Zunge klebt am Gaumen. Ein letzter Wunsch, ihre Hand zu nehmen, sie nach draußen zu ziehen, zu unserem Brunnen, zu reden, vielleicht sie zu umarmen, meine Catharina … stirbt.

Benjamin starrt mich immer noch an wie einen brennenden Weihnachtsbaum. Warum sagt er nichts? Irgendwas. Wie's mir geht. Dass er mich vermisst. Ob wir nicht wieder Freunde sein können, so wie früher ... Doch seinen zusammengekniffenen Lippen entflieht kein Laut. Er fingert an seinem Bier rum. Wir stehen rum wie zwei Fremde. Tut weh. Jetzt reicht's. Abflug.

Schweigend drehe ich mich um und wühle mich durch die schwitzende Menge Richtung Ausgang. Mir reicht's für heute. Ich verschwinde, habe keinen Bock mehr auf Party. Muss sowieso morgen früh aufstehen. Vor mir liegt ein hartes Wochenende. In einem Anfall geistiger Umnachtung habe ich mich überreden lassen auf ein paar Kids im Jugendlager aufzupassen.

Ohne ein Wort hat sie sich umgedreht. Ein ausdrucksloser letzter Blick. Ich sehe ihr einen Moment nach, als sie wie ein U-Boot im Menschenmeer versinkt, zwischen Armen und Beinen. Sehe ihre Haare noch, sehe ihren leichten, kraftvollen Gang. Und weg ist sie.

Weg.

Inmitten der Garagenparty fühle ich mich plötzlich wie der einsamste Mensch. Wie einer, der versehentlich auf dem

Mars vergessen wurde. Ist es wahr, haben wir uns kein einziges Wort gesagt? Nicht mal hallo? Ich kann es kaum glauben.

Ich wünschte, ich könnte mit jemandem reden, jemandem, den ich kenne. Aber Martin ist wohl schon längst im Bett. So spät in der Nacht hat mir sonst nur Catharina zugehört. Catharina.

Ich setze mein Bier an und kippe wacker die Hälfte der Flasche in einem Zug. Okay, Catharina.

Eine brennende Luftblase kriecht meine Speiseröhre hoch und zerplatzt an meinem Gaumen. „Okay – Catharina", sage ich laut. Die muss gar nicht meinen. Wenn es vorbei ist, ist es vorbei. Was sie kann, kann ich auch – wäre doch gelacht. Ich bin zwar nur ein Koch, aber dämlich bin ich nicht. Verscheißern lass' ich mich auch nicht. Sie hat ihr Leben, sehr gut, ich hab meines.

Ich stürze den letzten Schluck und knalle die Flasche auf die Bar. Schließlich ist das 'ne Party hier. Etwas verschwommen beäuge ich die Menge, wo ist denn nun Chen schon wieder? Ich glaube Mônica zu erkennen und stolpere los, mit beschwingtem Gang. Da winkt mir jemand zu, mit weißen Fingernägeln, die Haare neckisch zu zwei Schwänzchen gebunden, lächelnd neben Chen sitzend, mich anstrahlend: Beate.

10

Hi, Benji“, sagt Beate und zippelt an ihren Haarschwänzchen herum.

„Also Benjamin hier“, brüllt Chen aufmunternd in die Runde, „ist einer der letzten Männer. Nicht so ein Heini, der den ganzen Tag nur in den Computer starrt. Der Mensch arbeitet noch so richtig, nicht wahr?“

„Na ja“, antworte ich, „ich mag es eben, die Dinge mit den Händen anzufassen …“

Ein begeistertes „Uuhh“ geht durch die Runde, als hätte ich einen anzüglichen Witz gemacht. Beate lacht laut. Ihre Brüste wippen leicht unter ihrem schwarzen Oberteil.

„Hey, setz dich.“ Chen rückt zur Seite. Ich setze mich zwischen Mônica und ihn auf die Bank.

„Was machst du denn, Benji?“ Beate lehnt sich über das kleine, von Chipsüberresten übersäte Tischchen.

„Ich bin Koch“, antworte ich.

Beate runzelt die Stirn. „Okay“, sagt sie und nickt etwas verwirrt.

„Benjamin“, unterbricht Mônica, „du sitzt ja auf dem Trockenen. Soll ich dir was bringen?“

Ich überlege. Noch ein Bier vertrag ich nicht. Auf der anderen Seite kann ich mich jetzt nicht lumpen lassen. Zwischen Beates Lippen klebt ein Strohhalm, der in irgendeinem hellroten Drink verschwindet. Ich blicke möglichst cool zu Chen und versuche meine Stimme tief klingen zu lassen: „Was nehmen wir denn noch?“

Chen grinst. „Also ich bin bestens bedient.“

Ich schlucke leer. Und wende mich dann zu Beate. „Was trinkst du denn da?“ Sie lächelt und meine Nackenhärchen sträuben sich.

„Cai Piruska“, sagt sie.

Keine Ahnung, was das ist. „Sehr gut, für mich auch“, sage ich zu Mônica. Sie nickt und stürzt sich in die Menge.

Beate schaut mich noch immer an, ich kann mich kaum noch bewegen, so beobachtet fühle ich mich. Verzweifelt hirne ich, was ich sagen könnte, irgendwas Intelligentes. Aber was bloß?

„Was kochst du denn?“, fragt plötzlich Beate und stochert in ihrem roten Cai irgendwas.

Ich zünde mir eine Zigarette an. Zeit schinden, das ist eh der beste Grund zu rauchen. „Na ja“, sage ich, „ganz verschiedene Dinge. Die Kunst besteht darin, aus tausend Zutaten die richtigen zwanzig auszuwählen.“ Meine zwei Bier beginnen langsam zu wirken. Jetzt heißt es, ganz tief in die philosophische Schublade zu greifen. „Ein guter Koch macht die Menschen nicht nur satt“, ich ziehe an meiner Zigarette, „er macht sie glücklich.“ Perfekt!

Beate schlürft die letzten Tropfen zwischen den Eisbrocken hervor. „Okay“, antwortet sie und nickt. Ihre Haarschwänzchen wippen leicht.

Mônica taucht auf, in der Hand zwei Gläser. Das rote drückt sie mir in die Hand, dann quetscht sie sich zwischen Chen und mich und küsst ihn am Ohr. Etwas überfordert betrachte ich meinen Drink. Na dann, denke ich und sauge am Röhrchen. Ein Schwall süßen Alkohols heizt wie heißer Tee durch meinen Rachen. Mein Magen hüpft vor Schreck. „Wow“, krächze ich. Mônica lacht. Beate auch.

„Wusstest du“, versuche ich Beate weiter zu unterhalten, „dass es so viele Geschmäcker gibt wie Farben?“

Beate lächelt mich an und schüttelt den Kopf. „Ich mag

Farben“, sagt sie. Ihre Lippen glänzen ein wenig. Chen und Mônica knutschen selbstvergessen. Ob Beate einen Freund hat? Ich muss morgen unbedingt Chen fragen. Etwas verloren blickt sie in die noch immer tanzende Menge. Vielleicht kann ich ja auch direkt herausfinden, ob sie einen Freund hat. Mann, das wäre ja toll, wenn sie solo wäre. Los, Benjamin, weiterreden … irgendwas. Ob ich ihr vom Jeep erzählen soll? Nee, das langweilt sie bestimmt. Mist, dass ich nicht tanzen kann. Denk nach, Benjamin!

„Was …“, frage ich heiser, „was machst du denn so?“ Immer eine gute Frage.

Beate schaut mich eine Weile neckisch an. „Ich arbeite im Soho.“

Soho? Was soll das denn sein? „Aha“, antworte ich. „Und was … eh …?“

Beate schaut mich etwas verwirrt an. „Na Kleider verkaufen.“

Ich nicke, als ob das selbstverständlich wäre. Also ein Kleiderladen. Ich fixiere mit leicht verschwommenem Blick ihre Schuhe mit den Ziegelsteinabsätzen und ihren schwarzen Fummel. Vermutlich irgend so ein In-Schuppen in der Altstadt. Nie gehört. Woher auch. Die meisten Klamotten sind noch von meinen Brüdern oder aus dem Kaufhaus. Ich würge einen Schluck von meinem Drink runter, der immer süßer wird. Uahh.

„Und magst du deinen Job?“, frage ich weiter. Mensch, sieht die gut aus.

Beate zuckt die Schultern: „Ist halt ein Job …“

Hast du einen Freund? Hoffentlich nicht, denke ich. „Ja, ja, der Job …“, sage ich nur.

Sie lächelt plötzlich. Eine Reihe weißer Zähne blitzt auf, fast so weiß wie ihre Fingernägel. „Komm mich doch mal besuchen“, lächelt sie. Dann schwenkt sie ihr leeres Glas: „Nimmst du auch noch einen, Benji?“

Mein Magen krampft sich zusammen. Oh shit, ich kann kaum noch gerade sitzen. Verdammt. Ich schlucke zwei, drei Mal leer.

„Okay“, sage ich.

Erschöpft stütze ich mich auf den Rand der Kloschüssel. Heilige Scheiße. Ich sacke auf meinen Knien zusammen, alles bewegt sich wie bei einem Erdbeben. Zitternd drücke ich die Spülung. Mein Hals und mein Rachen brennen wie das Fegefeuer. Und immer wieder dieser süße Geschmack. Allein bei dem Gedanken muss mein Kopf sofort wieder übers Klo. Einmal würgen, dann noch mal. Kommt nichts mehr.

„Ooahh", stöhne ich und versuche aufzustehen. Etwas kühles Wasser. Ich setze mich auf den Badewannenrand und wasche mir das Gesicht im Spülbecken.

„Benjamin?" Es klopft leise an der Badezimmertüre. Mama. Mist, die hat mir jetzt gerade noch gefehlt. Ich schiele auf die verschwommene Uhr. Halb drei, Horror. Und ich muss morgen arbeiten, morgen und am Sonntag, das ganze verdammte Wochenende, in einem Raum voller Esswaren, in einer Küche, die nach Essen stinkt, und mit einem Chef, der mich in einer süßlichen, roten Sauce anbraten würde, wenn ich schlapp machen sollte. Meine geschwollenen Lieder fallen wie der Vorhang am Ende der Welt.

„Benjamin, geht es dir gut?", höre ich Mama.

Nein, voll beschissen. „Ja, ja, Mama." Ich glaube, ich muss sterben. Wenigstens sind jetzt meine ganzen Innereien in der Kanalisation, ich bin leer wie ein Vakuum. Und wenigstens bin ich die Treppe noch hochgekommen. Wenigsten überhaupt noch nach Hause gekommen. So muss es sich anfühlen, wenn man hundertzwanzig geworden ist.

Ich trockne mir das Gesicht ab und versuche die Zähne zu putzen. Ganz langsam. Schön auf dem Wannenrand sitzen bleiben. Dann schließe ich die Badezimmertüre auf und tappe im Dunkeln in mein Zimmer. Vielleicht noch in die Küche, eine Flasche Wasser holen? Ohh, mir wird schwindlig – doch besser direkt ins Bett. Ich falle auf die Matratze wie eine kanadische Roteiche. Augen zu, schlafen, nur noch schlafen.

„Benjamin?“ Oh no, Mama.

„Aalsokee, Maa“, murmle ich. „Was Falsches gegessen.“

„Soll ich dir einen Tee kochen?“

„Nee“, schüttle ich den Kopf.

Etwas verlegen bleibt sie einen Augenblick stehen. Dann schließt sie leise die Tür. „Schlaf gut“, flüstert sie.

„Du auch“, stöhne ich. Und halte ein Bein aus dem Bett, um den Boden zu spüren, denn alles dreht sich wie ein unendliches Karussel. Meine ganze Welt, mit Chen, der tanzenden Mônica, vielen roten Drinks, mit Beate und ihren Haarschwänzchen unter grellen Scheinwerfern und dröhnenden Lautsprechern – und mit Catharina, der Schweigenden, die irgendwo in der Menge verschwunden ist, die in meinem Bauch noch immer am Tanzen ist.

11

Blitzblauer Himmel, ein paar Wolkenfetzen wie Pinselstriche, Grillenzirpen. Es duftet nach frisch gemähtem Gras. Hinlegen, hochschauen, träumen, raten, wohin die Flugzeuge fliegen, Hand in Hand über die Wiesen flitzen, lachen, glücklich sein. Das wär's jetzt. Doch mein Programm sieht anders aus. Ich bin „Aufsichtsperson". Seit drei Jahren. Früher war ich selbst dabei. Bin beaufsichtigt worde. Fand die Ausflüge immer total klasse. Tagsüber jede Menge Spaß, baden, spielen, singen, abends grillen, Lagerfeuer.

Ein Knuff in die Seite reißt mich aus meinen Gedanken. „Weischt du, Catharina, dann hat mich Toulouschen gebisschen ..." Todernst und mit wild blitzenden Augen erzählt mir Sophie die Geschichte von ihrem neuen Hasen namens Toulouse. Die Kleine lispelt wie die Hölle. Bei jedem „S" schlägt die Zunge gegen ihre Zähne, es hört sich einfach zu drollig an.

Wir hocken im Gras, Sophie, ihre Zwillingsschwester Marie und ich. Basteln Gänseblümchenkronen. Die Zwillinge sind Nachbarskinder, ich kenne sie, seit sie auf der Welt rumtapsen. Sie sind so was wie kleine Schwestern für mich. Wie oft haben Benjamin und ich auf das Pärchen aufgepasst. Im Moment gibt's Zoff zu Hause. Ihre Eltern wollen sich scheiden lassen. Sophie scheint das ganz gut wegzustecken, Marie gefällt mir gar nicht. Stumm sitzt sie neben mir und fummelt mit gesenktem Kopf an einem Grashalm herum. Tut mir total Leid, die Kleine. Ob ich Susanne, die Betreuerin, darauf ansprechen soll? Vielleicht später.

Ich drapiere ein Blumenkrönchen auf ihrem langen dunklen Haar. „Jetzt siehst du so schön aus wie die Kaiserin Sissi", versuche ich sie aufzumuntern.

Bockig schüttelt Marie ihren Kopf, das Krönchen landet in der Wiese. Sophie schnappt danach und hängt es sich um den Hals.

Ich streichle Marie über den Kopf. „Wisst ihr, ich hatte auch mal ein kleines schwarzes Häschen mit einem weißen Fleck auf der Nase. Es hieß Schnuffi. Und eines Tages ist dem was total Bescheuertes passiert. Wollt ihr wissen, was?"

Sophie nickt. Marie spielt weiter mit dem Grashalm.

„Eines Morgens saß er hinter dem Sofa und hüpfte auf und ab ohne Ende."

„Und warum?", fragt Sophie atemlos.

„Schnuffi hatte ein Stromkabel angeknabbert."

Eine megalaute Glocke reißt uns aus unseren Hasengeschichten.

Ich packe die Kleinen an den Händen. „Gehen wir was essen."

Sophie marschiert voran in den Speisesaal und besetzt uns einen Tisch. Es riecht nach der üblichen dicken, krötengrünen Erbsensuppe mit Würstchen.

Marie dreht sich zu mir um. „Und ist Schnuffi gestorben?"

Ich bin froh, dass sich Marie wieder für was interessiert. „Nee", beruhige ich sie. „Wir haben ihn zum Tierarzt gebracht, danach hat er noch zehn Jahre munter weitergelebt."

„Gut", nickt Marie und macht sich über ihre Krötensuppe her.

Einigermaßen beruhigt beobachte ich sie. Der Kleinen scheint es zum Glück wieder besser zu gehen.

Nach dem Abendessen verziehe ich mich in mein Zimmer. Oder besser in meinen Fünfbett-Schlafraum. Ich bin fix und alle. So ein Tag mit einer Horde Kids ist anstrengender als fünf Stunden Hip-Hop am Stück. Aber es hat gut getan. Mich abgelenkt von meinen Beziehungsproblemen. Es gibt Wichtigeres. Die beiden Kleinen zum Beispiel. Es muss die Hölle sein, wenn sich die Eltern nur noch zoffen. Das haben mir meine zum Glück erspart. Klar, es gab jede Menge Frust, Ärger, Stress, Auseinandersetzungen, aber im Grunde ihres Herzens mögen sie sich supergerne und würden sich niemals trennen, schätze ich.

Ich drücke das Fenster auf und schnuppere in die Nacht. Es ist ein wunderschöner Abend. Millionen Sterne blinken vom dunkelblauen Himmel. Der Mond ist scharf wie eine frisch geschliffene Sichel. Als ich klein war, hab ich mir immer vorgestellt, wie der Mann im Mond auf dem unteren Ende der Sichel sitzt und darauf schaukelt wie auf einer Schiffschaukel. Und ich hab mich immer gefragt, wo ist eigentlich die Frau im Mond? Muss ganz schön einsam sein so allein dort oben. Ein lauer Wind weht durch meine Haare. Mindestens so einsam wie ich hier unten. Ach Mist, ich vermisse Patrick. Nicht Patrick an sich, sondern den Patrick-Zustand. Einen Freund haben, jemanden streicheln, küssen können, Sex haben.

Auf einmal ist die dunkle Nacht hell erleuchtet. Aufgeregte Stimmen rufen durcheinander. Die Tür zu meinem Zimmer wird aufgerissen. Susanne hängt aufgelöst im Türrahmen. „Catharina, Marie ist verschwunden …"

„Was?! Aber … aber … ich war doch vorhin noch mit den beiden zusammen …" Schnell schubse ich Susanne aus der Tür. „Und Sophie? Wo ist Sophie?"

„Im Büro."

Die Kleine kauert wie ein Häufchen Elend auf der Couch, die Beine angezogen, den Kopf auf den Knien. Ihr kleiner Körper zittert.

Ich hocke mich neben sie, nehme sie in den Arm. „Sophie, he, Schätzchen. Keine Angst, wir finden Marie schon wieder. Alles wird gut." Sagt zumindest immer Nina Ruge.

Sophie kuschelt sich in mein T-Shirt. Um uns rum Trubel, Hektik, Geschrei. Ich wühle meine Nase in ihre seidenweichen Haare. Sie duften nach Apfelshampoo. Eine Weile sitzen wir eng umschlungen da.

„Sophie?", frage ich dann vorsichtig in ihre Apfelshampoohaare.

Sophie hebt den Kopf.

„Du und Marie, ihr seid doch unzertrennlich. Weißt du, wo deine Schwester ist?"

Sophie schüttelt den Kopf, drückt ihn wieder in mein T-Shirt.

Zweiter Versuch: „Bitte Sophie. Wir sind doch Freunde. Und Freunde belügen sich nicht, sagen sich alles."

Die Kleine überlegt. Für einen Moment ist sie mucksmäuschenstill. Dann legt sie ihre Lippen ganz eng an mein Ohr. Es kitzelt. „Ich weisch, wo Marie ischt", flüstert sie.

Na also.

„Wo?"

„Im Wald."

Shit. „Das müssen wir Susanne sagen." Ich will aufstehen, Sophie hochziehen. Sie macht sich steif wie ein Stock. „Nein!", protestiert sie. „Nein! Ich will nicht zu Schuschanne. Nicht Schuschanne." Sie strampelt hysterisch mit den Beinen.

Mannmannmann. „Okay, okay, dann sag mir, wo Marie ist."

Sophie legt verschwörerisch den Zeigefinger auf den Mund und schüttelt mit dem Kopf. „Schie ischt in unscherem Verschteck im Wald. Isch bring disch hin", flüstert sie, steht auf und will mich hochziehen.

„Halt, warte, Sophie. Es ist stockfinster draußen. Wir können nicht allein durch den Wald ziehen."

Sophie verzieht das Gesicht, heult wieder los.

Verdammt. Was soll ich jetzt tun? Zu Susanne laufen, Sophie verpetzen? Was, wenn sie dann auf stur schaltet und gar nichts mehr sagt? Scheiße. Arme kleine Marie, hockt allein im Wald. Sicher stirbt sie fast vor Angst. Verdammt.

Benjamin.

Er muss kommen, mir helfen. Er kennt Sophie und Marie.

Ich beuge mich zu Sophie. „Schätzchen, weißt du was, wir rufen jetzt Benjamin an, okay?"

Sophie sieht mich kurz mit großen verheulten dunkelblauen Augen an, dann nickt sie.

Ich zücke mein Handy und drücke Kurzwahl 1. Tüt, tüt, Benjamin, sei da, bitte, tüt, tüt, Benjamin, bitte …

Das war ja ein gesalzener Samstag. Denn ganzen Morgen über habe ich die Trompeten von Jericho gehört. Mein Kopf war so dick, ich habe mich gewundert, dass er überhaupt durch die Küchentür vom „Hirsch" gepasst hat. Ich dachte schon, dies würde wohl mein letzter Erdentag werden. Luther hätte wohl ein Apfelbäumchen gepflanzt. Weltuntergangsstimmung. Aber eben diese Welt ist nicht ohne Wunder. Mein Boss Albrecht hat mich zwar schräg angesehen – morgens im Spiegel war ich weiß wie ein Laken gewesen und hatte zum Frühstück erst mal 'ne Flasche Wasser gekippt, um die tote Katze aus meinem Mund zu spülen –, doch dann hat er nur schallend gelacht und mir gönnerhaft auf die Schulter geklopft. „Dicke Birne, was? Brav, mein Junge“, brüllte er, dass es in meinen Ohren echote, „ein kräftiger Suff gibt ordentlich Haare auf der Brust.“

Ich habe wacker gekocht und einige Forellen mit Todesverachtung ausgenommen – heiliger Bimbam –, mit einem Auge immer den Eimer im Visier. Doch nach dem Mittag hat mir Albrecht einen „Fernet“ eingeflößt und mich mit seinem Segen nach Hause geschickt.

Jetzt liege ich auf dem Sofa, zwei Aspirin intus und schlummere recht zufrieden unter meinem Eisbeutel. Beate, denke ich für mich und meine, dass die Bilanz der letzten vierundzwanzig Stunden gar nicht so übel war. Ich habe mir überlegt, ob ich kurz vor vier noch das „Soho“ suchen soll, um Beate einen Besuch abzustatten, doch das muss wohl doch bis Montag warten, da hab ich frei. Erst mal richtig auspennen. Gemütlicher Samstagabend.

Tja, tja, Beate. Ich sehe wieder ihre Haare und die glänzenden Lippen. Die glänzenden …

Rrrrrrrrrrrrrrrr.

Oh, Hölle. Das Telefon dröhnt wie ein Fliegeralarm. Niemand zu Hause, denke ich. Mama ist irgendwo, Papa ist wohl noch im Laden und ich zähle nicht. Bin sowieso halb durchsichtig.

Rrrrrrrrrrrrrrr. Gnadenlos. Mensch, es ist ja schon dunkel. Und noch mal die Klingel und noch mal. Was soll die Hartnäckigkeit? Ich reibe mir die Augen und schaue auf die Uhr. Neun Uhr? Wer kann das sein? Plötzlich fahre ich hoch. Ob das Beate ist? Könnte ja sein. Das Telefon dröhnt jetzt noch lauter in meinem Schädel. Na denn. Ich rolle vom Sofa und taste nach dem Hörer.

Ja, hallo?“

Benjamins Stimme. Angenervt, verpennt. Egal. „Benjamin, ich bin's. Frag nicht. Bitte, komm sofort zum Jugendlager am Fürstenrieder Wald. Schnell. Bitte. Es geht um Leben und Tod.“

Ich schlucke leer. Catharina. Ihre Stimme klingt überdreht, total ernst.

„Was ist denn los?“, frage ich. Mit Catharina habe ich jetzt überhaupt nicht gerechnet.

„Frag jetzt nicht, Benjamin. Ich brauche deine Hilfe.“

Oh Mann. Ich blicke noch mal auf die Uhr. Fürstenrieder Wald, das ist ein ganzes Stück entfernt, mindestens eine halbe Stunde. Wie komme ich denn da hin?

„Bitte, Benjamin“, sagt Catharina.

Meine Gedanken wirbeln. Ich schmeiße den aufgetauten Eisbeutel aufs Sofa und schließe müde die Augen. Einmal tief durchatmen.

Pause.

„Muss das sein? Wenn's wieder um irgendeine blöde Hochzeit geht ...“, brummelt er missmutig in den Hörer.

Ich hole tief Luft. „Bitte, komm schnell, Benjamin. Es ist ernst.“

Dann: „Ich komme.“ Klick.

Gott sei Dank. Ich drücke Sophie an mich. Benjamin ist gleich da. Allein der Gedanke beruhigt mich ein bisschen.

„Fürstenrieder Wald“, sage ich und der Taxifahrer nickt. Martin war nicht da, Thomas sowieso nicht und meine Eltern wollte ich nicht fragen. Aber schließlich scheint das ein Notfall zu sein. Keine Frage, ich muss da raus. Der Opel Kombi kurvt los, vorbei am Neptuno-Brunnen auf die dunkle Straße.

Ich prüfe im Dämmerlicht der Armaturen meine Tasche. Was auch immer da los ist, es kann nie schaden, ein paar praktische Utensilien dabei zu haben: Eine fette Lampe Marke U. S. Polizei mit frischen Batterien, einen dicken Pulli, Taschenmesser und meine Notapotheke. Und einen Hundertmarkschein. Den wird sich wohl der Chauffeur reinziehen.

Das Taxi kurvt aus der Stadt und dröhnt leise über die Landstraße. Die weißen Mittellinien tauchen aus dem Dunkel auf und verschwinden unter der Motorhaube. In meinem Kopf dreht sich alles. Seltsam, dass mich Catharina angerufen hat. Besonders nach gestern Abend. Warum sie wohl nicht Patrick angerufen hat wegen ihrem Notfall? Vermutlich, weil er eben doch eine Pfeife ist. Ich grinse für mich im Stillen. Aber es tut auch gut, gebraucht zu werden. Keine Frage, wenn es hart auf hart kommt, bin ich da für Catharina. Dafür kennen wir uns lange genug. Schließlich bin ich ihr Freund.

„Können Sie Gas geben?", bitte ich den Fahrer. „Das ist ein Notfall."

Die längsten dreißig Minuten meines Lebens. Vor meinem inneren Auge rauscht ein Horrorfilm nach dem anderen vorbei. Marie, verhungert auf einer Lichtung. Erfroren.

Verschleppt von einem Triebtäter. Endlich. Ein Taxi hält. Benjamin springt raus. Sieht übel aus. Total verpennt und versumpft. Aber er ist da. Das Taxi rauscht ab. Wir stehen uns gegenüber. Über seiner Schulter hängt eine große Tasche, in der Hand hält er eine dicke Taschenlampe. Genial.

„Also, worum geht's?"

In knappen Worten erzähle ich ihm, was passiert ist.

„Dann los." Benjamin nimmt die Lampe in eine Hand, Sophie an die andere. Wir packen die Kleine zwischen uns, sie gibt die Richtung an. Laufen in den Wald, stolpern wie Hänsel und Gretel durch das Unterholz. Jeder Schritt knackt, raschelt. Richtig unheimlich.

„Hier!" Sophie bleibt vor einer hohen Tanne stehen.

Gestrüpp, Moos, Zweige, Tannenzapfen, aber keine Marie.

Sophie hat natürlich keinen Schimmer, wo genau ihre Schwester ist. An jedem zweiten Baum halten wir an. Weit und breit keine Spur von Marie. Mir ist saukalt.

„Auschshit", meine rechte Wade brennt. Bin wohl an irgendeinem Gestrüpp hängen geblieben. Was, wenn Marie verletzt ist? Weiter.

Ich leuchte die schwarzen Baumreihen ab. Der Lichtkegel meiner Lampe streift wie ein dürrer Finger über die undeutlichen Konturen des Waldes.

„Wie lange ist Marie denn schon weg?", frage ich.

Catharina zuckt die Schultern. „Vielleicht zwei Stunden."

„Wo ist denn die Lagerleiterin?", frage ich.

Catharina schluckt leer. „Sophie wollte ihr nichts sagen, weil ... weil ... ich weiß auch nicht."

Na super. Weibliche Logik. Im Prinzip müssten wir ja sofort zurück und die Frau informieren. Aber egal. Jetzt sind wir eh schon mitten im Wald. „In zwei Stunden", sage ich ruhig, „kann sie nicht allzu weit gekommen sein. Wir werden sie bald finden."

Catharina ist käsebleich und zittert. Ich nehme den Pullover aus meiner Tasche. „Hier, zieh dir den über, du erkältest dich sonst."

„Danke, Benjamin." Sie schlüpft hinein. Einen Augenblick betrachte ich sie, die Ärmel sind ihr viel zu lange, sie sieht irgendwie zerbrechlich aus und ich spüre plötzlich das Bedürfnis sie zu beschützen.

Ich knie mich zu der kleinen Sophie. „Hör mal", sage ich vorsichtig, „wir wollen doch jetzt deine Schwester finden, nicht wahr? Ich denke, es macht ihr bestimmt keinen

Spaß mehr, irgendwo zu sitzen, jetzt, wo es ganz dunkel ist."

Sopie nickt traurig.

„Was meinst du, wo könnte sie wohl sein?"

Sophie zupft an ihren Haaren. „Im Verschteck … bei dem Felschen, wo das kleine Hausch ischt …"

„In Ordnung", antworte ich und streichle ihr über den Kopf, „dann gehen wir jetzt da hin. Wir haben sie sicher bald gefunden." Ich stehe auf und nehme die Kleine an der Hand.

„Alles okay bei dir?", frage ich Catharina.

Sie nickt und lächelt etwas gequält.

„Weißt du, wo der Felsen mit der Hütte ist?"

Sie nickt wieder.

„Na, dann los."

Es ist stockfinster. Immer wieder knackt es im Gebüsch. Oh Gott, ich bin so unendlich froh und dankbar, dass Benjamin bei uns ist. Ohne ihn würde ich sterben vor Angst. Meine Zähne klappern leicht vor sich hin, komme mir vor wie ein erfrorener Zitteraal. Benjamin hält kurz an, zieht einen Pulli aus seiner großen Tasche.

„Danke." Ich kuschele mich in den Pullover, er riecht nach Benjamin. Nach Küche, nach Zigaretten, nach ihm. Gegen das innere Zittern hilft die Wolle nicht viel, aber der Pulli gibt mir irgendwie ein Gefühl der Sicherheit.

Wir marschieren eine Weile schweigend im Gänsemarsch zwischen den dichten Bäumen hindurch. Endlich zeichnet sich der schwarze Fürstenrieder Felsen ab. Benjamin leuchtet im Dunkeln umher. Dann plötzlich bleibt er stehen. Lauscht. Macht „pschscht". Ein Wimmern. Ein leises Wimmern wie von einem verletzten Tier.

„Was ist das?"

Benjamin zuckt die Schulter.

„Ich hab Angst", heult Sophie. Ich auch.

Benjamin deutet nach rechts. „Da lang."

Sophie und ich folgen ihm. Die Kleine krallt ihre Eishand ganz fest in meine. Das Wimmern wird lauter.

„Ich hab sie", schreit uns Benjamin entgegen.

Gott sei Dank. Es ist Marie. Die Kleine kauert völlig verängstigt und verfroren in einem knallroten Shirt unter einer Tanne.

„Marie? Marie!!!!!" Sophie macht sich los, stürzt sich auf ihre Schwester. Die beiden fallen sich in die Arme. Klammern sich aneinander fest. Schluchzen. Lachen.

„Puh", macht Benjamin, schaut zu mir.

„Ja." Ich schaue zu ihm hoch, lächle vorsichtig.

Er auch. Dann nehme ich seine Hand. Sie fühlt sich weich und warm an. Genau wie mein Herz. Es ist warm und voll. Über uns der Mond, die Sterne, vor uns die beiden glücklichen Zwillinge, neben mir Benjamin. Es duftet nach Moos. Es ist einer dieser seltenen magischen Momente im Leben. Momente zum Festhalten. Die Wunschmaschine steht still.

Da haben wir ja noch mal Schwein gehabt. „Siehst du", sage ich zu Catharina und drücke ihre Hand, „ist alles gut gegangen." Sie scheint ziemlich fertig zu sein. Bin ich im Grunde auch. Spüre plötzlich meine Kopfschmerzen wieder. Aber auch ein gutes, warmes Gefühl in mir. Gut, dass ich gekommen bin. Nicht nur wegen der Zwillinge. Es war gut, Catharina zu helfen. Meiner Freundin eben.

„Okay dann, gehen wir zurück zum Lager", sage ich und nehme die verängstigte Marie auf den Arm.

Nach einer Viertelstunde sind wir wieder unten im Lager. Da ist natürlich die helle Aufregung ausgebrochen, war ja zu erwarten. Susanne, die Lagerleiterin, hat bereits mit den Eltern telefoniert. Sie wollte eben die Polizei rufen.

Ich versuche sie zu beruhigen, schließlich ist ja alles in Butter, und erzähle ihr, was passiert ist.

„Ich rufe die Eltern gleich noch mal an", sagt Catharina

und greift sich das Telefon. „Wollt ihr Mama und Papa hallo sagen?“, fragt sie die Zwillinge und diese jubeln begeistert.

Nina Ruge hat doch Recht. Alles wurde gut. Die Eltern der Zwillinge haben sich beruhigt, waren natürlich mächtig erleichtert, dass ihre Kleine wohlbehalten wieder aufgetaucht ist. Ein bisschen hatte ich sogar das Gefühl, dass sie die Lektion in der Geschichte verstanden haben. Ich habe zumindest angedeutet, warum Marie abgehauen ist. Sie wollte einfach nicht so enden wie das doppelte Lottchen. Ich verstehe die Kleine. Eltern können echt schrecklich sein. Über ihren dämlichen Streitereien vergessen sie, dass wir auch noch da sind. Und Angst haben. Jetzt, mit fünfzehn weiß ich auch, dass eine Scheidung nicht das Ende der Welt bedeutet. Aber früher. Als ich noch kleiner war, bin ich manchmal aufgewacht und habe gehört, wie sich meine Eltern angeschrien haben. Ich war nicht so mutig wie Marie, hab mich nur an meine Kuschelmaus geschnukelt und gebetet, dass sie damit aufhören. Ich drücke den Zwillingen jedenfalls ganz fest die Daumen, dass sich ihre Eltern noch einmal zusammenraufen.

Eigentlich müsste ich den Kleinen dankbar sein. Benjamin ist zurück in meinem Leben. Wer weiß, ob wir nicht beide an unserem falschen Stolz erstickt wären und unsere Freundschaft in den Wind geschossen hätten. Ich glaube, wir sind uns wieder so nahe wie früher. Nein, eigentlich irgendwie noch näher. Dieser Moment im Wald ging mir irgendwie durch und durch. Ein Zauberwald: *Die Eltern der Zwillinge bleiben zusammen, alle Wünsche gehen in Erfüllung, Benjamin ist wieder mein Freund ...* Leider ist er gleich nach unserer Rettungsaktion wieder nach Hause gedüst. Klar, er muss ja auch morgen arbeiten, hungrige Mäuler gibt es jeden Tag. Schade. Hätte gerne unsere Wiederauferstehung genossen. Ihm den ganzen Reinfall mit Patrick erzählt. Damals in der Garage hätte ich auf Benjamin hören sollen, statt mich mit ihm anzulegen. Schätze, er kennt mich einfach besser als ich mich selbst. Hätte in dieser herrlichen Sternennacht gerne noch hunderttausend Dinge mit ihm bequatscht. Aber egal, wir haben ja noch unendlich viel Zeit.

Susanne hat mir noch satte hundert Mark fürs Taxi in die Hand gedrückt, bevor ich in die klare Nacht davongedüst bin. Merkwürdiges Abenteuer. Nicht nur die Zwillinge. Auch Catharina. Sie war so ganz anders, hat ganz ruhig gelächelt. „Also, Benjamin, bis bald“, hat sie gesagt, fast zärtlich. Es ist eben doch gut, das wir einander kennen. Da ist doch die ganze Patrick-Geschichte völlig Nebensache.

Ich blicke auf die dunklen Bäume, die vor dem Fenster vorbeiziehen. Irgendwie wäre ich auch ganz gerne dageblieben. Bei ihr. Ein bisschen reden … die Sterne anschauen …

Vor unserer Haustür weckt mich der Fahrer. Ich bin voll eingeschlafen. Aber wenigstens sind meine Kopfschmerzen verschwunden. Ich bezahle den Fahrpreis, schließe die Tür auf und schleiche leise das Treppenhaus hoch. Bloß niemanden wecken. Das wären zwei Nächte zu viel, die ich erklären müsste. Und erklären kann ich gar nichts. Weder die Garagenparty mit Beate, noch die Sache heute mit Catharina. Husch ins Bad, husch ins Bett. Herrlich. Und doch drehen meine Gefühle ohne Anfang und ohne Ende, bevor mich der Schlaf ins Reich der Träume katapultiert.

Beate. Seltsam.

Catharina. Noch seltsamer. Ganz besonders seltsam. Irgendwie drängt es mich, darüber nachzudenken, über diesen Abend im Wald und den seltsamen Blick, den ich mir von ihr eingefangen habe, für eine Sekunde nur, im Mondlicht. Doch dann überfällt mich der Schlaf wie Batmans Cape Gotham City. Catharina.

12

Sonntagabend. Ein wunderbarer Sonntagabend. Die Vögel zwitschern vor meinem Fenster, die Abendsonne schickt herrlich warme Strahlen. Ich könnte singen und tanzen. Seit der Nacht gestern im Wald bin ich nur noch superguter Laune. Wahrscheinlich macht Kleinen-Ausreißern-das-Leben-Retten gute Stimmung. Sogar meine Mathe-Hausaufgaben waren ratz-fatz erledigt. Ich recke mich und freue mich auf eine leckere Schüssel Spaghetti Bolognese.

„Catharina, kommst du?"

Mam und Papa warten schon am Tisch.

„Guten Abend, Mam. Guten Abend, Papa."

Zur Feier des Tages bekommen beide einen dicken Schmatz auf die Backe. Erstaunt blicken sie ihre Tochter an.

Mam packt die Nudeln in meine Schüssel, zwinkert meinem Vater zu. „Wir sollten Catharina öfter in ein Jugendlager schicken ..."

„Zu schade, dass sie die Arbeit im Laden nicht genauso fröhlich stimmt", murmelt mein Vater in seine „Bild am Sonntag".

„Vielleicht sollten wir eine Baumschule aufmachen." Ich kichere leise in mich hinein, natürlich hat niemand meinen Joke verstanden.

Mam wirft Papa einen ärgerlichen Blick zu. „Könntest du jetzt bitte mal die Zeitung weglegen, wir wollen essen ..." Sie steht auf.

Ich schnappe mir die Saucenschale, kippe die rostrote Bolognese in meine Schüssel und beobachte, wie sie die Nudeln flutet.

Mam verschwindet in die Küche, kommt mit einer Ladung frisch duftender Ciabattas zurück. „Da streicht schon wieder die dicke Katze von Hirsemanns durch unseren Garten", murmelt sie ärgerlich, während sie das Brot auf dem Tisch abstellt.

„Na und?" Erstaunt sehe ich meine Mutter an. „Seit wann hast du was gegen Katzen?"

„Hab ich nicht. Aber im Birnbaum hängt ein Vogelnest mit süßen, winzig kleinen Amseln. Ich fürchte –"

Aha. Ohne Zweifel ein klarer Fall für den Catharina-Rettungsdienst. Wie der Blitz fahre ich hoch, knalle den Löffel in die Schüssel und stürze in den Garten. Tatsächlich schielt die Katze bereits begierig auf den Baum.

„Miez, miez, miez ... du süßes, kleines Kätzchen ... miez, miez ... komm her ... miez ... lass die Vöglein ... miez ...“ Die Katze lässt sich ablenken, schnurrt um meine Füße, reibt ihr Gesichtchen an meinem Bein. Ich knie mich zu ihr und streichle über ihre weichen Ohren. Genüsslich schnurrt sie, sieht mir dankbar in die Augen. Sie hat wunderschöne Augen. Braun mit goldenem Schimmer. Erinnern mich an Benjamins Augen. Genauso schön, tief, unergründlich. Der Gedanke an Benjamin macht mich plötzlich seltsam unruhig. Sein Blick im Wald, als er mir seinen Pulli gab, als wir Hand in Hand vor den glücklichen Zwillingen standen. Ein komisches Kribbeln zieht durch meine Magengegend, mein Herz klopft einen Tick schneller. Ich will ihn sehen. Jetzt. Morgen gehe ich einfach mal zu ihm rüber. Wie früher. So viel ich weiß, hat er da frei. Einfach hallo sagen. Wie früher.

Sonntagabend. Beinahe habe ich es hinter mir. Meine Augenränder ähneln allmählich dem St. Andreasgraben. Irgendwie stecken die roten Drinks vom Freitag noch immer in meinen Knochen. Und nach dem Abenteuertrip von gestern habe ich auch nicht viel geschlafen. Kommt dazu, dass ich mit heute mal wieder neun Tage am Stück gearbeitet habe. Verdammtes Gastgewerbe. Von wegen „am siebten Tage sollst du ruhen“. Der Sonntagmorgen war ja noch gnädig. Außer ein paar Variationen mit Frühstücksei im Westen nichts Neues. Aber dann dieses verdammte Bankett heute Abend. Irgendwelche Geschäftsfritzen, die ihren Quartalsabschluss feiern wollen. Volles Haus und der volle Stress mit mise en place schon am frühen Nachmittag. Ein fetter Sechsgänger und der Albrecht hat jede Minute wieder eingefordert, die er mir gestern erlassen hat. Das Seeteufelfilet hab ich anbrennen lassen vor lauter Müdigkeit – weia. Aber alles in allem haben wir die Mission impossible einmal mehr gut über die Runden gebracht. Ist schließlich kein Klacks, zu zweit für drei Dutzend gierige Kehlen zu kochen, und alles gleichzeitig. Bei allem Gemotze können Küchenchef Albrecht und unser Boss, der Ruchberger, ganz zufrieden sein. Der Sklave Rafaniello leistet auch im Delirium gute Arbeit – Seeteufelfilets hin oder her. Wo gehobelt wird, da fallen Späne.

Gerade will ich die letzten Trümmer des bestandenen Gemetzels in die Spülmaschine quetschen, als der Albrecht –

bereits mit dem Bier in der Hand – in die Küche flaniert. Ein fettes Grinsen leuchtet auf seinem geröteten Gesicht.

„Besuch für dich, Rafaniello. Eine süße Biene …"

Besuch? Ein Mädchen? Etwa Catharina? Die war tatsächlich schon länger nicht mehr hier. Vielleicht kommt sie noch mal wegen gestern. Mittlerweile müsste sie aus ihrem Weekend ja zurück sein.

„Ich komme", sage ich. Da fällt mir ein, dass der Albrecht Catharina kennt. Und eine süße Biene hat er sie noch nie genannt. Mein Herz beginnt zu pochen. Wäre es möglich …?

Ich wische meine nassen Hände an der Schürze ab und schmeiße das versabberte Stück in die Ecke. Kurz an meiner Kleidung riechen: Na ja, nicht mehr taufrisch, aber ziemlich okay. Gespannt wie ein Flitzebogen schleiche ich zur Bar nach vorne. Und sehe die langen, schwarzen Haare. Beate, das glaubt mir kein Mensch.

Also gut, Rafaniello. Das ist dein Wochenende. Gib alles. Mit beschwingtem Schritt kurve ich zur Bar.

„Hey, Beate", sage ich locker, „was für eine Überraschung."

„Hi, Benji", sagt sie neckisch und nippt an ihrer Cola.

Ich hocke mich neben sie an die Bar. „Was führt dich denn

hierher?“ Dämliche Frage, denke ich. Sie mustert mich scharf und lächelt dann. „Na du eben.“

Na ich eben. Meine Kehle ist staubtrocken. Während einer Zehntelssekunde zuckt mein Blick über ihren flauschigen Pulli, der sich wie Morgentau und doch straff über ihren Oberkörper zieht, ihre linke Schulter frei lässt und ihre Taille fein betont, und kriege ohne Zeitverzögerung einen leichten Ständer, warm und etwas drückend in meiner Küchenhose.

Ihre Wimpern bewegen sich wie die Flügel eines Schmetterlings in der Sonne. „Ich wollte mal hören, wie das mit den tausend Farben war. Chen sagte, ich würde dich hier finden …“

Chen, die Ratte, Chen, mein Wohltäter. Tausend Farben. Ich kann mich kaum an der Bar halten. Kurzschlüsse jagen durch mein Hirn. Ist es das? Ist es das? Die erste Frau, der erste Kuss, das erste Mal? Sie räkelt sich ganz locker und spielt mir ihrem Colaglas. Meine Hose ist nun definitiv zu eng. Ich glaube, ich werde so nie aufstehen und in die Küche gehen könne, ohne überall anzuecken mit meinem Ding. Tausend Stimmen schreien zu den tausend Farben tausendmal Ja. Und was antworte ich?

„Ähh“, krächze ich, „wie wäre es mit einem Glas Wein irgendwo?“ Jetzt, General Rafaniello, geh aufs Ganze. Alle Decks Alarmbereitschaft.

Beate schaut mir eine Weile wie ein Engel in die Augen. Und sagt: „Okay, Benji."

Okay, Benji, aber hallo. Ich kriege 'ne Gänsehaut. „Ich zieh mich nur schnell um, in Ordnung, fünf Minuten ... drei ... zwei Sekunden ..."

Sie lacht. „Okay, Benji."

Etwas umständlich rutsche ich vom Hocker, düse in die Küche, rupfe in Lichtgeschwindigkeit die letzten Töpfe aus der Spülmaschine, ziehe mich gleichzeitig, fast so rasend wie meine Gedanken, an, und stehe nach genau 4.807 Sekunden wieder vor der Bar.

„Okay, Beate. Und los."

Wir sitzen in der „Why not"-Bar. Aus den verstaubten Boxen kesselt irgendwelcher Rock, der mindestens so alt ist wie die Anlage. Beates glänzende Lippen kleben am Strohhalm. Sie schlürft wieder einen ihrer roten Drinks. Ich bleibe da lieber bei einem Glas Wein. Die Kerze wirft ein warmes Licht auf ihre helle, makellose Haut. Die meiste Zeit rede ich, blabere irgendwas vom Kochen, dann auch noch vom Jeep, fast hätte ich ihr was von gestern Nacht mit Catharina erzähle, aber das lasse ich dann doch. Wir wollen ja keine Zweifel aufkommen lassen. Beate sagt nicht viel. Sie hört einfach zu und lächelt mich an. Was für ein Lächeln. Und bestellt noch einen Drink.

Ein bisschen eigenartiges Gespräch. Aber im Grunde ist mir das scheißegal. Die Frage, die auf meiner armen Seele brennt: Wie stelle ich es an, sie zu küssen? Oh, Mann, keine leichte Frage. Ich habe das noch nie gemacht. Will mir keine Blöße geben. Aber jeder, der nur irgendwann mal einen mäßig guten Film gesehen hat, der weiß: Das ist die Chance. Wenn jetzt nicht, dann nie. Und dann mein blöder Steifer wenn ich sie küssen würde, wäre das ganz schön peinlich, wenn sie das merken würde. Irgendwie.

Also: Wie küssen? Ich rede mal einfach weiter. Und überlege fieberhaft. Warte auf einen Moment, von dem ich keine klare Vorstellung habe. Einen Moment, wie den des Jägers, wenn das Wild im Visier erscheint. Oder den eines Formel-1-Piloten, wenn er auf der letzten Runde vorn liegt und das Ziel in Sicht kommt. Ich weiß es nicht so genau. Beate lächelt noch immer und schlürft lasziv an ihrem Cai irgendwas.

Die Uhr tickt, bald schon halb zwei. Shit, was, wenn sie nun nach Hause will? Könnte es sein, dass wir uns erst draußen küssen, beim Tschüs sagen? Besser als hier an der Bar?

Schließlich sagt sie plötzlich: „Hey, Benji, ich finde dich süß.“ Und ihre weißen Zähne leuchten im Kerzenlicht.

Sendeausfall. Mein letzter sorgsam gebastelter Satz löst sich auf wie Zucker im Tee. Und jetzt schiebt sie auch noch den Drink beiseite, lehnt sich nach vorne und küsst mich auf den Mund. Ihre Lippen sind ganz weich. Der süßliche Geschmack ihres roten Getränkes berührt meine Zunge und mein Gaumen zieht sich in leichter Übelkeit zusammen. Aber ich will küssen. Küssen. Ich taste nach ihren Schultern, ihren Haaren, die nach einem fruchtigen Parfüm riechen, seltsam künstlich. Aber ich küsse. Streichle über ihre Schultern, unter ihre Arme, den seitlichen Ansatz ihrer Brüste, spüre mit meinen Fingerspitzen den BH unter ihrem Perwollpullover. Mein Herz klopft wie wild. Sie fährt mir durch die Haare, ihre Fingernägel kratzen über meinen Nacken. Der süße Geschmack breitet sich in meinem Mund aus und deckt alles zu. Ich küsse.

Benjamins Wohnungstür. Ich stehe davor, fühle mich irgendwie eigenartig. Hunderttausendmal habe ich hier schon gestanden, kenne diese Tür fast mein ganzes Leben. Aber heute fühlt es sich anders an. Ungewohnt. Neu. Aufregend. Es kribbelt wieder, wie gestern im Garten. „Rafaniello" springt mir mit großen Lettern ins Auge. Einmal tief Luft geholt und auf die Klingel gedrückt. Nichts. Noch mal. Wieder nichts. Vielleicht ist Benjamin gar nicht da. Vielleicht ist er bei Martin oder in der Garage oder …

Da öffnet sich die Tür. Jetzt sehe ich gleich seinen Wuschelkopf, er wird mich lieb anlächeln und sagen: „Komm rein."

„Hallo."

„Hallo."? Eine weibliche Stimme piepst „hallo". Schwarze Haare, die wirr herumhängen, zu beiden Seiten abstehen. Theatralisch schwarz umrandete Augen. Das Ganze gehüllt in einen flauschigen knatschgrünen Bademantel und eine süßliche Duftwolke. Unter dem Bademantel blitzt ein silberner BH. Was ist *das*?

„Ja?", wiederholt die fremde Stimme, blitzt mich fragend mit weißen Zähnen an. „Was gibt's denn?"

„W…w…wo ist Benjamin?"

„Kommt gleich", sagt die Gestalt lässig und tänzelt leichtfüßig zurück in die Wohnung.

Schritte hinter mir auf der Treppe. Das Holzgeländer ächzt. Jemand pfeift. Benjamin pfeift. Boxt mir von hinten in den Rücken. „Hi, Catharina. Na, alles klar?" Schwenkt eine Bäckertüte wie eine Trophäe über dem Kopf. „Frische Brötchen. Willst du mit uns frühstücken?"

„Brötchen"? „Frühstücken"? „*Uns*"? Ich kann ihn nur fassungslos anstarren.

13

Das war ja vielleicht eine Adrenalinüberdosis gestern. Der absolute Wahnsinn. Einfach krass. Beate, die Beate mit den langen schwarzen Haaren, die Beate aus der „Why not"-Bar, die Beate, die sagte: „Ich find dich süß.", und mich dann einfach geküsst hat. Aber Vollgas. Und hinzufügte: „Morgen habe ich frei." Ebenso gut hätte sie sagen können: „Willst du ein Königreich, die Villa von George Michael oder einen Sechser im Lotto mit Zusatzzahl?" Dann sind wir zu mir – gerannt sind wir. Die Treppe hoch und in meine Wohnung geschlichen. Meine Eltern haben brav dem Schlaf der Gerechten gefrönt.

Und dann haben wir herumgemacht. Geküsst, bis meine Lippen geglüht haben. Ich habe ihr den Pulli ausgezogen, ein echtes Kunststück, und bin echt durchgestartet, als ich ihre Brüste gesehen habe, die weichen Kugeln in ihrem silbernen

BH. Ich konnte sie gar nicht genug streicheln. Ich glaube, wenn ich solche Dinger hätte, ich würde den ganzen Tag nichts anderes tun, als damit rumspielen. Dann hat sie mir mein T-Shirt ausgezogen. Ob es sie wohl gestört hat, dass ich nicht gerade frisch geduscht war? Immerhin habe ich den ganzen Tag in der heißen Küche gestanden. Ich weiß nicht recht. Auf der anderen Seite hatte sie so ein komisches Parfüm drauf, so supersüßlich, irgendwie nicht so der Wahn. Aber das war halt alles neu. Vielleicht haben wir die Sache ja doch etwas überstürzt. Als ich dann an ihrem BH rumgefummelt habe, an dem blöden, versteckten Verschluss, hat sie das nicht gewollt. Dafür hat sie mir die Hose aufgeknöpft, Mann, ich war voll weg, und hat meinen Riesenständer rausgenommen und daran rumgemacht. Ich habe nur noch überall ihren Körper gespürt, die warme Haut auf ihrem Rücken, ihre Brüste, die im Halbdunkel einen Zentimeter von meinem Gesicht entfernt waren. Und wie sie da an meinem Penis gerieben hat, etwas ruppig, aber voll genial, da ist eine Million Ameisen über mich gepurzelt. Dann hat sie leicht gestöhnt, so ein richtiges Stöhnen, und mir ging der Schuss ab. Ziemliche Sauerei, über ihre Hände und aufs Laken.

Wow. Beate.

Na ja, so ein bisschen komisch war es schon, die Hose in den Kniekehlen, und als ich mir an ihrem Reißverschluss zu schaffen machte, hat sie sanft meine Hände beiseite geschoben. Vielleicht war ich doch zu forsch. Wobei ... sie hat ja angefangen.

Geschlafen habe ich danach kaum. Nicht nur wegen der feuchten Stelle in der Mitte des Bettes. Es war irgendwie komisch, dass da noch jemand in meinem Bett pennt. Eine fremde Person. Sie hat sich danach eine Zigarette angezündet, was ich ziemlich widerlich fand. Ich rauche nie im Schlafzimmer. Und eigentlich hätte ich mir gerne die Zähne geputzt, aber das erschien mir dann doch doof.

Nichtsdestotrotz, es war supergeil. Fortsetzung folgt. Hoffe ich doch. Schon irgendwie.

Puuuh! Wie angewurzelt stehe ich da. Vor mir diese Tante, hinter mir ein fröhlich grinsender Benjamin. Fühle mich, als hätte mir jemand in den Magen geboxt. Mein Benjamin frühstückt mit einer anderen. Rührt für sie seine genialen Benjamin-Pancakes an. Spiel. Satz. Ballverlust. Scheiße. Und ich stehe da wie das dumme Lieschen. Wie peinlich. Hätte echt was sagen können. „Catharina, ich hab jetzt eine Freundin“ oder „Ich frühstücke ab sofort mit einer

Silber-BH-Tussi" oder so … Wie komme ich aus dieser Nummer wieder raus?

„Na." Benjamin klopft mir gönnerhaft auf die Schulter.

„Kaffee wird kalt …", piepst es aus der Wohnung.

„Sofort, Beate. Catharina?"

„Ich … ich … wollte …" Tausend trübe Gedanken flitzen durch meinen Kopf. Ich bin der einsamste Mensch der Welt. Grenzenlos allein. Mein Benjamin. Der Rettungsanker in meinem Leben. Wenn alle Stricke reißen, Benjamin ist da, dachte ich naive Gurke. Er wird's schon richten. Aus die Maus. Benjamin ist nicht mehr für mich da. Er hat jetzt eine Freundin. Und was für eine …

„Also, was ist, willst du mit uns frühstücken?"

Klar. Unbedingt. Die beiden Turteltäubchen beobachten, als fünftes Rad am Wagen. Wie sie sich streicheln, küssen, anlächeln, mit Pancakes füttern … Nee, das ist echt too much.

„Geht nicht, Benjamin", würge ich heraus.

„Schade."

„Leider. Ein anderes Mal. Bin schon zum Brunch verabredet. Wollte nur schnell … Grüße von den Zwillingen ausrichten …"

Benjamin schlüpft an mir vorbei durch die Tür. „Okay, danke."

Lügner. Mistkerl. Er ist bestimmt heilfroh, dass ich Nein gesagt habe. Ihm nicht die Tour vermasselt habe. Jetzt ist nur noch ein einigermaßen stilvoller Abgang angesagt.

„Tja, dann, viel Spaß ihr zwei." Und ab. Die ersten Treppenstufen schreite ich noch ruhig, gelassen, hoch erhobenen Hauptes hinunter. Endlich schnappt die Tür ins Schloss. Ich stürze davon. Nur weg von hier.

Total neben der Spur stehe ich dann unten auf der Straße. Setze mich in Bewegung. Überlasse meinen Füßen die Richtung. Sie bringen mich zum Neptuno. Lasse mich auf der untersten Treppenstufe nieder. Bejamin hat 'ne Freundin. Eine Beate. Was für ein bescheuerter Name. Ob er schon mit ihr geschlafen hat? Blöde Frage. Vermutlich haben die beiden die ganze Nacht über nicht nur Mau-Mau gespielt. Der Glitzer-BH, die zerzausten Haare. Muss 'ne heiße Nummer gewesen sein. Und Benjamin sah so strahlend aus, so glücklich. Anders als sonst. Ich freu mich für ihn, theoretisch. Hab es ihm immer gewünscht. Aber … nur, wenn ich auch … so ist es ungerecht. Gedankenfetzen flitzen durch meinen Kopf: Benjamin und ich in der überhitzten „Hirsch"-Küche, in der Pampa vor dem stinkenden Jeep, beim Testkochen, im Zauberwald, beim Eisessen, im Park, beim zusammen Lachen, zusammen Diskutieren … Benjamins

Lachen gehört jetzt einer anderen. Vorbei. Verschwindet Erinnerungen!

Unschlüssig ziehe ich mein Handy aus der Jackentasche. Ob ich Patrick noch mal anrufen soll? Vielleicht haben wir ja noch eine Chance. Besser Patrick als ganz allein …

„Hey, Catharina! Da bist du ja!“ Melanies Stimme reißt mich aus meinem Trübsal. Sie düst mit ihrem chromblitzenden Kickboard auf mich zu. Cooles Teil. Aber schweineteuer. Mehr als Skates sind bei mir nicht drin. Das Leben ist scheißungerecht. Benjamin hat 'ne Freundin, Melanie ein Kickboard und hippe Klamotten und ich, Catharina?

„Deine Mutter hat mir verraten, dass du auf dem Weg zu Benjamin bist.“ Melanie steigt ab von ihrem Flitzer und lässt sich atemlos neben mir nieder. „Hier“, schnauft sie und hält mir ihr Handy unter die Nase.

„Was soll das?“

„Lies!“ Sie tippt auf eine Message im Display.

„Hey Supergirl, …“ Wow! Kommt mir irgendwie bekannt vor. Verdammt bekannt. Der Rest der Message auch. Bis hin zum Treffpunkt im Park.

„So ein fieses Schwein“, empört sich Melanie. „Das ist doch echt 'ne ganz billige Masche …“

„Unglaublich.“

Melanie kräuselt die Nase und sieht mich sorgenvoll an. „Schätze, diese linke Bazille schickt Unmengen von diesen Messages los.“

„Toll … und so oberdämliche Tussen wie ich fallen auch noch darauf rein.“ Scheiße. Der Typ war wohl voll der Griff ins Klo. Nur gut, dass ich nicht mit ihm im Bett war. Das erste Mal und dann mit so einem Abzocker. Ich war verdammt nah dran. Ich wollte, hätte. Wenn Mam uns damals nicht unterbrochen hätte … Arme Sonja. Ein bisschen kann ich jetzt nachfühlen, wie es ihr damals mit Tobias ging.

Melanie klopft mir auf die Schulter. „Sei froh, dass du den Typen los bist.“ Sie steht auf, klemmt sich das Kickboard unter den Fuß und beugt sich über den Lenker. „Tja, ich muss dann mal wieder los.“

„Okay“, presse ich hervor.

Unschlüssig schubst sie den Lenker von einer Hand in die andere, betrachtet mich besorgt. „Hm. Wie wär's mit einer Extra-Traningseinheit bei uns im Hobbykeller?“, fragt sie schließlich.

Ein Almosen für die dumme, dämliche Catharina oder was? Hat wohl Schiss, dass ich mich in den Brunnen stürze. Ich nehme mich zusammen. So dynamisch wie möglich erhebe ich mich von der Steinstufe. „Lieb von dir, Melanie, aber ich brauche keinen Trost."

„Trost?", schnaubt sie mit hochgezogenen Augenbrauen. „Hey, in drei Wochen ist Showdown. „Dance for Fans". Alles oder nichts. Vergiss doch die Typen. Es gibt Wichtigeres!"

Stimmt. Jawohl. Lass uns tranieren gehen. Wenn ich erst mal bei Puff Daddy im Background tanze und in Top of the Pops über den Bildschirm flimmere, werden mir die tollsten Männer zu Füßen liegen und um meine Gunst winseln. Ihr Patricks und Benjamins könnt mich doch alle mal.

Was Catharina eben wohl gewollt hat? Ich knutsche Beate etwas abwesend auf die rosigen Lippen, sie gibt einen undefinierbaren Laut von sich. Ein bisschen grün um die Kiemen hat Catharina schon ausgesehen. Ob irgendwas schief gelaufen ist? Beate fummelt an meinem Shirt herum. Ich schiebe mir eine Ecke Pancake rein. Mit Ahornsirup. Meine Spezialität. Hat Catharina immer mächtig gemocht. Beate knabbert an meinem Ohr und ich muss lachen.

„An was denkst du, Benji?", fragt sie mit leicht belegter Stimme, tönt voll sexy.

„Ich denk gerade, was für ein Wahnsinn es war, dass du gestern im „Why not" so direkt warst. Wow, was für ein Kuss …"

„Hmmm“, sagt sie genießerisch, „finde ich auch.“

Ich reiß mich von Beate los und fange an unser Frühstücksgeschirr zusammenzuräumen, da fällt mein Blick aufs Telefon. Soll ich Catharina anrufen? Einfach so, Kontrollcheck, ob alles im grünen Bereich ist?

„Benji?“

„Hm?“ Mist. Weiß gar nicht, warum ich der anderen nachhirne.

„Bringst du mir noch ein Glas Wasser?“

„Okay“. Sie hat ihr Leben und ich habe meines. Ich gehe voll beladen in die Küche. Klar, dass Catharina ein bißchen schockiert war, zumindest überrascht. Und das hat sie sich auch verdient. Schließlich hat sie mich mit ihrem Patrick auch voll ins Off laufen lassen. Und wie sie vorhin da so gestanden hat, etwas käsig, da saß ein Teufelchen auf meiner Schulter: Da siehst du mal, Baby. Eben noch ausgelacht für die Melanies und Mônicas, die ich nie haben kann, und – schwupp – Rafaniello hat zugeschlagen.

„Benji?“, höre ich Beate. Shit, das Glas Wasser nicht vergessen. Von wegen der nette Benjamin, der Freundinnenfreund, der sympathische Koch von nebenan. Ich grinse und fülle ein Glas mit Evian. Mal schauen, ob wir die Lady heute nicht doch noch aus dem grünen Bademantel pellen können …

14

Wenn ich ganz vorsichtig an ihrer Brustwarze sauge und dann darauf puste, wird sie steif – nicht ganz so steif wie mein kleiner Freund in solchen Situationen, aber dennoch fest und rund. „Oh, Benji", haucht Beate dann. Endlich habe ich es geschafft, ihr den BH wegzufummeln. Eine Etage tiefer bin ich schon bis auf die Unterhose vorgestoßen. Aber meistens kommt sie mir dann zuvor, indem sie mir einen runterholt, sodass ich mittlerweile aufgehört habe jedes Mal das Laken zu wechseln. Meine Mutter hat schon blöde Fragen gestellt. Die eine Begegnung mit Beate hat uns wohl allen gereicht, mir, Mama und ganz besonders Beate. Die ist fast ausgerastet, als meine Mutter – ausnahmsweise doch zu Hause – versehentlich in mein Zimmer gestürzt ist.

„Hallo", hat sie gesagt.

„Hallo“, haben wir geantwortet und Beate hat sich tief unter die Bettdecke verkrümelt. Unsere Klamotten waren überall. Meine Mutter war dabei wirklich kaum das Problem, im Gegenteil. Ich hatte am folgenden Tag, als ich sie in der Küche getroffen habe, sogar das Gefühl, dass sie ausgelassen war – vermutlich, weil sie nun weiß, dass ich nicht schwul bin wie Thomas. Beate dagegen hat mir die Hölle heiß gemacht, weiß der Teufel, wieso. Sie hat rumgenervt und gesagt, dass sie das letzte Mal bei mir gewesen sei und so. Das ist eben Beate: Ausraster ohne klare Motive.

„Typisch Frau“, hat Thomas am Telefon geflötet. Na, der muss es ja wissen. Er und sein Freund scheinen ganz begeistert zu sein, dass ich jetzt eine Freundin habe, wollten uns schon einladen, Beate und mich. Na, die würden sich wundern. Ich habe Thomas zwar ein Foto von Beate gezeigt (klarer Fall von Nötigung seinerseits), und sie sieht darauf unbestritten süß aus, supersexy – fast so gut wie in echt. Trotzdem: Ein Foto zeigt auch nicht alles.

Als schließlich sogar Küchenchef Albrecht mich väterlich beiseite genommen und mir eingeschärft hat, meiner neuen Errungenschaft genügend Aufmerksamkeit zukommen zu lassen – dabei zwinkerte er diebisch mit seinen geröteten Augen –, von wegen, was eine Frau gemäß seiner langjährigen Erfahrung braucht, da ist in mir ein seltsamer Verdacht gewachsen. Eine Unruhe, die mich seither verfolgt. Nicht gerade, wenn ich Beate mal wieder im Schlepptau von der „Why not"-Bar zu mir lotse (bei ihr daheim waren wir noch nie), ihr die Klamotten mit den Zähnen ausziehe und im Sperrgebiet ihrer Unterwäsche Invasionsversuche starte. Aber beim Mise en place, während der Arbeit, beim Forellenausnehmen, beim Aufräumen in der Küche, vor dem Einschlafen auf dem nassen Fleck.

Martin sagt natürlich zu all dem nichts. Er hat, als ich von Beate erzählte, nur die Augen gerollt und kryptisch gemeint, dass jede Erfahrung unsere Persönlichkeit erweitern würde. Worauf ich überhaupt keine Lust mehr hatte von unseren heißen Nächten zu erzählen. Auf der anderen Seite brodelt in mir das mächtige Bedürfnis, jemandem von all dem zu erzählen. Auch davon, wie wir es zusammen treiben. Davon erzählen ist noch besser, als darüber nachzudenken. Luststeigerung. Manchmal habe ich während des Tages einen Ständer und der Gedanke an Sex lässt mich nicht mehr los. Ich sehe dann in allen möglichen Dingen Beates Brüste und beschließe feierlich heute Abend ihre Unterhose auf den Mond zu feuern. Ein, zwei Bier, ein frisches Laken und die Familienpackung Kondome.

Und dann von oben bis unten abküssen. So wie gestern, als ich sie mit der Zunge zwischen den Beinen berührt habe und die Hitze durch ihr Höschen gespürt habe. Wegreißen. Lecken. Rein mit ihm.

Ich vergrabe mein Gesicht in den Händen. Meine Augen brennen. Zu wenig geschlafen. Schlecht geträumt. Nie von Beate. Meistens von Catharina. Wir haben uns seit jenem Morgen nur noch sporadisch gesehen. Nie miteinander geredet. Nicht wirklich. Ich glaube, sie ist ihren Patrick los und von Beate wiederum scheint sie gar nichts zu halten. Die gleichen skeptischen Augen wie bei Martin. Mit den Träumen von ihr kommt die Unruhe zurück. Manchmal stehe ich dann unter der Dusche, so wie heute Morgen, und versuche mich zu erinnern. Ohne Erfolg. Seit der Patrickgeschichte ist der Faden gerissen. Für einen kurzen Moment hatte ich die Wärme wieder gespürt – in jener Nacht nämlich, als die Zwillinge ihr Abenteuer veranstaltet haben. Als sie meine Hand genommen hat. Aber dann ist alles in einem Meer von Beate und Aufregung ersoffen. Seither ist es Nacht geblieben, sternenlos, und der Tag schmerzt in meinen Augen.

„Hast du dir schon mal überlegt, dass Beate die falsche Frau sein könnte?“ Chen sieht mich an wie Sherlock Holmes den leicht minderbemittelten Watson.

„Wie meinst du das?“, frage ich, noch um eine passende Antwort ringend.

„Hast du ausgesät, wo kein Acker ist, eine Brücke gebaut, wo kein Fluss ist, ein Segel gesetzt, wo kein Wind ist?“

„Hä?“ Beate, wo kein Acker ist? „Ich verstehe nicht ganz. Beate ist toll.“

„Aha“, sagt Chen ruhig und schlürft an seiner Cola. „Und warum erzählst du mir dann die ganze Scheiße, von wegen, wie gut euer Gepimper ist?“

Ich grabe nach einer Zigarette.

„Mann“, brummle ich genervt, „kannst du vielleicht etwas deutlicher werden?“

„Mensch, Benjamin: An was denkst du, wenn du an Beate denkst?“

„Keine Ahnung.“

„Falsche Antwort, Benjamin“, sagt Chen energisch, „falsche Antwort.“

Schweres Schweigen.

„Du willst mir also sagen, dass Beate und ich nicht zusammenpassen?“ Jetzt gibt’s Kreuzverhör.

„Wäre doch möglich“, antwortet Chen. „Kommt in den besten Familien vor.“

„Haha“, sage ich und ziehe an meiner Zigarette. „Von wegen, kommt vor. Schließlich hast du mir auf dem Garagenfest Beate gezeigt, sie mir vorgestellt und –“

„Gar nichts habe ich, Benjamin“, unterbricht mich Chen. „Die hast du dir ganz alleine aufgegabelt.“

Mann, ich glaube ich bin im falschen Film.

„Erinnerst du dich noch an die Patrickgeschichte von Catharina?“, fragt Chen.

Rotes Flackern vor meinen Augen: „Was willst du denn jetzt damit sagen?“, brülle ich.

Chen zuckt die Schultern: „Gar nichts mehr, es scheint, du hast schon begriffen.“ Und fügt hinzu: „Benji.“

Benji! Beate eine Patrickgeschichte, rast es in meinem Kopf. Benjamins Beategeschichte. Benjis Beategeschichte.

Chen seufzt, seine asiatischen Augen sind tief und verschleiert. „Ein chinesisches Sprichwort sagt: Wenn eine Geschichte zu Ende ist, schließe das Buch.“

Ich beiße mir auf die Lippen. Drücke die Zigarette aus.

„Ach fick dich doch selber“, sage ich, stehe auf und gehe.

Im Telefonhörer tutet es. Ich drücke ihn mit meiner Schulter fest ans Ohr, um im Lärm der Küche überhaupt etwas zu hören, während ich mir an einer fetten Brandblase am Mittelfinger zu schaffen mache. Es juckt wie die Hölle.

„Soho-Fashion", höre ich eine Frauenstimme.

„Äh ja, hallo, ist Beate da?"

Es knackt in der Leitung, irgendwo hallt es dünn „Beate", dann Rauschen.

„Rafaniello, verdammt", brüllt es sehr viel konkreter aus der Küche. „Wo sind die verdammten Gratins?" Scheiße, Albrecht.

„Hallo?", tönt es aus der Telefonleitung. Beate.

„Hey, hallo, ich bin's", antworte ich zuckersüß. „Wie geht's dir?"

„Gut, Benji", sagt sie, „und dir?"

„Äh ja, mir geht's auch gut. Hör mal", ich wechsle den Telefonhörer, weil meine Schulter zu schmerzen beginnt und fummle am Desinfektionsmittel herum, „das mit heute Abend ist nicht so gut …"

Stille.

„Was heißt denn ‚nicht so gut'? Benji, du hast gesagt, dass du mit mir auf die Party im ‚Supermarket' kommst."

„Ja, klar doch. Nur ist jetzt was dazwischengekommen.

Wir haben heute so ein blödes Bankett im ‚Hirsch'. Da kann ich nicht weg. Wir müssen für über dreißig Personen –"

„Du kannst *nie* weg", unterbricht sie mich heftig. „Du und dein Scheißjob." Klick.

Ich klebe noch etwas entgeistert am Hörer. Sie hat einfach aufgehängt. Ja glaubt die denn, ich hätte mich darum gerissen, heute bis um zwei Uhr zu arbeiten? Verdammt noch mal. Ich stehe schließlich nicht wie sie von elf bis halb sieben in irgendeinem bescheuerten Kleiderladen rum und warte, bis es Abend wird.

„Rafaniello, verdammte Scheiße", brüllt Albrecht, „kommst du endlich oder muss ich dich holen?" Na toll, es ist gerade mal sechs Uhr. Das wären dann nur noch acht Stunden. Ich könnte kotzen.

15

Ein Strauß weißer Rosen mit Grünzeug für Ringelmanns und ein Dutzend lachsfarbener Rosen für Schusters. Oder umgekehrt? Mam könnte echt ein bisschen deutlicher schreiben. Und hinterher meckern, wenn ich die Bestellungen verwechsele. Obwohl sie seit einer Woche echt keinen Grund mehr hat sich über ihre Tochter zu beklagen. Meine Schichten meistere ich zuverlässig, bin immer pünktlich, und überhaupt führe ich seit dem Breakdown beim Neptuno ein anständiges, geordnetes Leben. Schule. Laden. Training. Ich muss diesen Wettbewerb einfach gewinnen. Das ist meine einzige Chance. Die Schichten im Laden bringen mir Kohle für mein Outfit. Oberrattenscharf muss es sein. Melanie muss neben mir aussehen wie eine graue Maus.

Ringringring. Die Ladenglocke.

„Hallo, Blumenfee!“

Benjamin. Schon wieder. Seit gut einer Woche steckt er fast täglich seinen Lockenkopf durch die Tür und textet mich zu. Beschwert sich über Beate, über ihre Unpünktlichkeit, ihre Launen: „Sie hat einfach kein Verständnis für mich blablabla ... Wenn ich fertig von der Arbeit komme, will sie noch um die Häuser ziehen blablabla ... Nie weiß ich, woran ich bei ihr bin blablabla ..." So geht das in einer Tour. Und er checkt einfach nicht, dass mich seine Laberei voll ankotzt. Wen bitte interessieren seine Beziehungsproblemchen? Mich ganz bestimmt nicht. Und jetzt steht er schon wieder da. Strahlt bis über beide Ohren, sieht überhaupt supersüß aus und hat auch noch den ölverschmierten Overall an, der ihm so gemein gut steht.

„Was gibt's?" Die lachsfarbenen Rosen werde ich jetzt den Ringelmanns schicken. Und Schluss.

„Ich brauch' den geilsten Strauß der Welt", ordert Benjamin freudestrahlend.

„Aha."

„Beate muss wegkippen, wenn sie das Grünzeug sieht."

„Aha."

„Also, lass dir was Supertolles einfallen, okay?!"

Der hat Nerven! Jetzt soll ich auch noch die Blumen für seine Tussi wickeln. Danke, Kumpel.

Er vergräbt die Hände in seinem Overall, fummelt die Taschen durch und zieht schließlich ein angeknittertes Stück Papier raus. Streicht es glatt und legt es auf die Ladentheke. „Das ist Beates Adresse. Der Strauß müsste heute Abend so gegen neunzehn Uhr geliefert werden. Kriegst du das hin?“ Er sieht mit seinen wunderschönen braunen Augen ganz tief in meine. Für den Bruchteil einer Sekunde versinken wir ineinander. Sind uns unendlich nah …

„Es ist wichtig für mich, Catharina.“

Zack. Bumm. Jetzt trennen uns wieder Welten, Lichtjahre, Galaxien.

Großkotzig blättert er mir fünf Zehner hin. „Dafür gibt es doch bestimmt schon einen ganz ordentlichen Strauß, oder?“

Ich zucke die Schultern. „Mal sehen.“

Beim Rausgehen nickt er mir noch mal zu. „Ich verlass mich auf dich, okay?“

Und weg ist er. Ich ertappe mich dabei, wie ich sehnsüchtig dem immer kleiner werdenden Overall nachstarre. Ich will meinen Benjamin zurück. Beate, ich hasse dich.

Hallo, Thomas“, sage ich gedämpft ins Telefon. Ich ziehe an meiner Zigarette, deren Glut wie ein roter Stern im dunklen Zimmer leuchtet.

„Hey, Benjamin, Sweetness“, antwortet Thomas zärtlich und leicht verschlafen. „Bis du okay?“

Gute Frage. Schließlich rufe ich Thomas nur selten nach Mitternacht noch an. „Geht so“, antworte ich. „Kann ich dich was fragen? Es dauert nicht lange.“

„Natürlich, Benjamin, ich schleich nur kurz raus, um meinen Liebling nicht zu wecken.“

„Okay“, sage ich und zünde mir an der alten Zigarette eine neue an.

„Also“, sagt Thomas, „und los.“

Ich schlucke. „Wie weiß man, dass man jemanden liebt?“

Schweigen. Ich spüre förmlich, wie Thomas überlegt.

„Man liebt jemanden“, antwortet er leise, „wenn man diese Frage nicht stellt.“

Wieder Schweigen.

„Magst du erzählen?“, fragt Thomas nach einer Weile. „Ist es Beate?“

„Mmm“, bejahe ich. „Kurz- oder Langfassung?“

„Die Kurzfassung“, antwortet Thomas.

„Okay. Ich hatte sie versetzt, weil ich arbeiten musste. Das versteht sie sowieso nicht, den Stress und so. Sie war supersauer. Ich habe ihr darauf Blumen geschickt, fette Rosen für ein kleines Vermögen, und bin anschließend zu ihr gegangen. Beate hat sich total gefreut. Dann sind wir in der Pfanne gelandet und haben wie wild rumgemacht. Und als ich eine Stunde später wieder draußen stand, habe ich mich irgendwie nur völlig leer gefühlt. Die ganze Geschichte, völlig leer."

„Ich verstehe", sagt Thomas. „Und weißt du was, Benjamin? Du verstehst es genauso."

„Aber ich kann doch jetzt nicht einfach aussteigen. Wie soll ich es ihr sagen?"

„Ich weiß, Benjamin, das ist ein shitty job, aber du hast ihn nun mal. Und ich kann mir nicht vorstellen, dass Beate da total anders fühlt. Lieber ein Ende mit Schrecken, als ein Schrecken ohne Ende – vergiss das nicht."

„Oh Mann", sage ich heiser.

„Benjamin, relax! Schlaf über die Sache. Und dann tu, was du tun musst. Ist leicht gesagt, ich weiß, aber du schaffst das!"

„Okay", antworte ich kleinlaut. „Danke für deine Hilfe."

„Hey, Benjamin, schön dass du angerufen hast. Mach's gut!"

Klick.

Tun, was ich tun muss.

Erst mal Schlafen. Schlafen und nicht Grübeln. Schlafen.

Heute ist der allerwichtigste Tag in meinem Leben. Der Dance-Contest. Mein Gott, hab ich Schiss. Ich hocke am Frühstückstisch und kann kaum meine Tasse halten. Meine Finger zittern so heftig, dass der Milchkaffee rumschwappt wie ein Fischerkahn in einem atlantischen Sturmtief. Ich hab kaum geschlafen, bin die ganze Nacht jede einzelne Schrittfolge durchgegangen. Wieder und wieder. Ich will gewinnen. Ich muss. Unbedingt. Und wenn nicht? Nein, diesen Gedanken will ich lieber gar nicht zu Ende denken.

Neben meinem Frühstücksteller liegt eine kleine Plüschmaus mit einem Zettel dran: „Viel Glück, Mam und Dad.“ Lieb. Die beiden mussten zum Großmarkt. Puuh. Ich stelle die Tasse hin und tigere auf und ab. Wie gerne würde ich jetzt mit Benjamin reden. Aufmunternde Worte hören. Rrrrrrrrrrrrrrr. Das Telefon. Benjamin?

„Ja, hallo?“

„Hi. Ich drück dir ganz ganz fest die Daumen, Catharina.“

Sonja. Dass sie daran gedacht hat ... Und dabei hab ich sie in der letzten Zeit sträflich vernachlässigt.

„Danke, lieb von dir.“

„Ich bin sicher, du schaffst es. Du wirst die Hip-Hop-Queen.“

„Danke, Sonja, du bist echt ein Schatz.“

„Und danach gehen wir ganz groß feiern."

„Ja, unbedingt."

„Tja, dann noch mal, viel Glück – und melde dich anschließend gleich bei mir, okay?"

„Geht in Ordnung."

Die Zeit rast. Noch eine Stunde, dann steht Melanie vor der Tür. Ich laufe nach oben, ziehe meinen neuen Hip-Hop-Dress aus dem Schrank. Metallicorange glänzend die Hose. Tomatenrot und knackig eng das Oberteil. Kommt total gut zu meinen rötlichen Haaren. Vorsichtig lege ich die Teile zusammen und packe sie in meinen Rucksack. Die Haare. Was mache ich damit? Hochstecken? Nee, sieht altmodisch aus. Lauter kleine Zöpfchen? Dauert zu lange. Mein Blick fällt auf eines der Poster über meinem Bett. Genau. Zwei lange Zöpfe. Ich flitze ins Badezimmer, kleistere die vorwitzigen Pickel auf meinem Kinn dick mit Abdeckstift zu, streiche etwas Mascara auf meine rötlichen Wimpern. Ich muss dreimal ansetzen, meine Finger zittern immer noch wie Espenlaub. Rosafarbener Lippgloss. Fertig. Mehr Make-up ist nicht, wenn ich schwitze, rinnt mir sonst die ganze Schminke übers Gesicht.

Ding-dong. Oh Gott. Melanie. Jetzt schon. Tief Luft holen, Rucksack nicht vergessen und los.

„Hop-hop, wir sind schon spät dran", mahnt Melanie und macht auf dem Absatz kehrt. Ich folge ihr, setze mich neben sie ins Auto. Ihr Vater fährt uns. Toller Typ. Sieht ein bisschen aus wie George Clooney. Ziemlich schweigsam in der Regel. Er begrüßt mich knapp, dann starten wir.

Melanie klopft auf meine Schulter. „Na, alles klar?"

„Ja", nicke ich tapfer und schiele zu ihr rüber. Sie sieht supertoll aus. Scheiße. Einfach glänzend: Hat ihre Haare frisch gefärbt und gewachst. Sie glänzen wie Samt. Auf ihren Augenlidern funkeln unzählige kleine Glitzerteilchen, sogar ihr Lippenstift glitzert. Sie ist richtig braun gebrannt, bestimmt hat sie noch täglich unter dem Turbobräuner im Solarium gelegen. Ich drücke mich in das Sitzpolster, fühle mich plötzlich wie eine kleine graue Maus.

Wir sind vor unserem Sportcenter angekommen. George Clooney dreht sich um, zwinkert uns zu. „Viel Glück, ihr zwei."

Forsch geht Melanie voran. Vielmehr: Sie schreitet. Siegessicher. Sie hat Recht. So sehen Gewinner aus.

Die anderen sind schon alle da. Hängen in Grüppchen rum, quatschen, stretchen. Wir sind die Letzten. Schnell huschen wir in die Umkleide und schlüpfen in unsere Klamotten. Melanie zieht ein silbernes Teil aus der Tasche.

Sieht genial aus. Vor allem das Oberteil. Hauteng spannt es über ihrem tollen Busen. Über den Brustwarzen glitzern Silbersterne. Total spacig.

„Komm schon", drängelt Melanie.

Am liebsten würde ich in einem Mauseloch verschwinden. Mir ist schlecht. Ich bin supernervös und gegen die spacige Melanie habe ich sowieso null Chance.

Ich schleiche hinter ihr her in den Übungsraum. Meine Beine sind bleischwer. Gérard steht mit zwei Typen im Anzug am Fenster und diskutiert. Als er uns sieht, klatscht er in die Hände.

„Na endlich. Tür zu und los geht's. Diese beiden Herren neben mir werden entscheiden, wer von euch die besten Chancen auf eine Karriere als Tänzerin hat. Die Gewinnerin wird bei einem der nächsten Hip-Hop-Konzerte im Background mittanzen. Also Mesdames, strengt euch an! Bonne chance!" Er geht zum CD-Player. „Ein Song, zwei Durchläufe. Ein Probelauf zum Warming-up. Der zweite Durchgang zählt. Alles klar?"

Vereintes Nicken.

„Aufstellung!"

Melanie platziert sich in der ersten Reihe. Tapfer stelle ich mich neben sie. Überreife Tomate neben glänzendem

Spacegirl. Augen zu. Konzentration. Es kommt nicht auf das Outfit an, die Schritte zählen. Und die kann ich!

„Und los!“ Gérard drückt den Knopf.

Auch das noch. Die Prüfer haben den Uralt-Song „If you want my love“ von Jennifer Lopez ausgewählt. Und wir haben die ganze Zeit über nur Schritte zu Missy Elliot und Puff Daddy geübt. Doch nach ein paar Takten bin ich wieder ganz in meinem Element. Fühle mich leichtfüßig wie eine Elfe, drehe mich am Boden wie ein Kreisel. Wackle mit meinem leider nicht ganz so runden Hintern wie Jennifer Lopez.

Nach den letzten Takten hält Gérard den CD-Player an. „Très bien.“

Jetzt. Der zweite Durchgang. Ich schüttle meine Beine aus, schwinge mein Becken, lasse meinen Kopf kreisen. Durchatmen. Entspannen.

Gérards Finger ruht auf dem Startknopf. Nervosität liegt in der Luft. „Sind alle bereit? Ja? Und … encore une fois … action.“

Jetzt geht's um alles. Die beiden Anzugtypen setzen strenge Mienen auf. Die Aufregung jagt durch meine Blutbahnen. Mein Adrenalinspiegel steigt bis zum Anschlag, mein Herz pocht wie ein Presslufthammer. Scheiße. Bin nun vollkommen aus dem Takt. Versuche mich auf die Musik zu konzentrieren. Es will nicht gelingen. Ganz ruhig, Catharina. Gerade konntest du es noch, nimm dich zusammen. In den Takt fallen lassen. Die Musik fühlen. Okay, meine Füße gehorchen mir wieder, bin wieder im Takt, tanze, schwebe, gebe alles.

Die Musik stoppt. Gérard klatscht in die Hände. „Danke, meine Damen, das war's. Ihr könnt euch umziehen, in, na ja, guten fünfzehn Minuten werden wir die Siegerin bekannt geben."

Vorbei. Ich habe nicht den Nerv, mich jetzt umzuziehen, hole mir nur schnell meine Jacke und flitze zurück in den Trainingsraum. Die Anzugtypen stehen zusammen und diskutieren. Einer sieht zu mir, lächelt mich an.

Stunden später: Gérard klatscht wieder in die Hände. Stellt sich vor uns auf, mit feierlichem Gesichtsausdruck. „Meine Damen, ihr wart alle Spitzenklasse. Ich bin stolz auf euch. Aber leider kann nur eine gewinnen." Er deutet auf die Pinguine im Anzug. „Diese beiden Herren haben sich entschieden."

Das alles entscheidende Urteil. Meine Hände sind schweißnass, ich muss mal.

„Die Gewinnerin heißt ..."

Ich kneife die Augen zu, drücke meine beiden Daumen, bis es weh tut. Catharina. Bitte. Bitte. Sag Catharina.

„Die Gewinnerin heißt ... Melanie ... herzlichen Glückwunsch."

„Yippppiiiiiihhhhhhh!" Melanie neben mir springt hoch wie ein Gummiball.

Ich sehe nur noch ihre glitzernden Brustspitzen vor meinen Augen auf und ab hüpfen.

16

Verstehst du das?“

Martin zieht mit einem seltsamen Lächeln die Augenbrauen zusammen: „Ehrlich gesagt: Nein.“

Oh Scheiße. Ich streiche mir mit den Händen flach übers Gesicht. Nicht mal er.

„Benjamin“, sagt er, „ich kann dir nicht sagen, ob du die richtige oder die falsche Freundin hast, das kannst nur du wissen.“

Die richtige Freundin. Oh, Mann. Ich krieche wie der letzte überlebende Veteran des zweiten Weltkriegs in den Jeep und lasse meinen Kopf sanft auf das Lenkrad fallen, als hätte mich soeben eine Kugel dieser Welt entrissen. Kein schlechter Gedanke. Ein Mann und sein Jeep. Ein Jeep ist immer richtig … eine Freundin … na, Teufel, ich weiß auch nicht.

„Benjamin!“ Martin wischt sich die schwarzen Hände an einem Lappen trocken. „Was ist denn nun das Problem?“

Oh, Gott, das Problem. Vielleicht trägt das Problem ja den Namen, der auf meinem Geburtsschein steht und ist ähnlich alt. Vielleicht ist es auch die ganze Welt, die ganze Evolution des Planeten, die in diesem finsteren Moment kulminiert und fragt: Was soll der ganze Scheiß?

„Komm, Junge“, höre ich Martin, „fass das Unfassbare in Worte.“

Oh je, das Unfassbare. Mein Alltag, Albrecht, der Fick in der Küche, das ganze Drumherum, und dann nach Hause und kein Schwein da. Die „Why not“-Bar, Bier und noch mal Bier. Dann Beate. Und wenn ich ihr etwas erzählen will, von meinem Alltag, dem Albrecht, dem Fick in der Küche und dem ganzen Drumherum, sagt sie nur „Benji“ und dann rennen wir die Treppe hoch, schleichen am Schlafzimmer meiner Eltern vorbei und machen rum wie die wilden, aber Sex will sie doch keinen.

„Benjamin.“ Martin streicht sanft über meinen Kopf. „Die Rohfassung, Telegrammstil, gib mir ein paar Stichworte.“

„Ich möchte“, sage ich langsam, „über Beate herfallen und endlich mit ihr vögeln bis zum Abwinken, aber das geht nicht. Ich möchte mit ihr reden, und das geht noch weniger.“

„Okay“, sagt Martin ernst, geht um den Wagen herum und schwingt sich auf den Beifahrersitz.

„Was würdest du tun?“, frage ich und sehe ihn an.

Er zuckt die Schultern. „Ich weiß nicht, was ich in deiner Situation tun würde, vermutlich auch hier sitzen und mein Hirn martern.“ Er lächelt.

Ich muss lachen. „Komm, komm, Martin. Wo ist der weise Rat meines großen Bruders?“

Er grinst und steckt sich eine Zigarette an. „In Ordnung“, sagt er und die Zigarette wippt wild zwischen seinen Lippen, „du hast es so gewollt.“

Ich gebe ihm Feuer, er nimmt einen konzentrierten Zug und ich höre förmlich die Gedanken hinter seiner Stirn knistern.

„Das Vögeln“, sagt er nach einer Weile, „das gehört zu einer Beziehung. Das miteinander Reden auch. Und weißt du, was noch dazu gehört? Dass man sich wohl und geborgen fühlt. Dass man ganz sich selbst sein kann.“

Ich schlucke leer. Was soll ich dazu sagen? Schweres Geschütz. Etwas verlegen drehe ich am Steuerrad.

„Hast du mal mit Catharina darüber geredet?“, fragt Martin.

Ich schüttle den Kopf.

„Seht ihr euch denn noch immer nicht?“

Ich zucke die Schultern. Eigentlich würde ich wirklich gerne mit ihr darüber sprechen. „Vielleicht“, sage ich zögernd, „sollte ich wirklich mal wieder bei ihr vorbeifahren. Aber ich habe so das unbestimmte Gefühl, dass sie sauer auf mich ist.“

„Hat sie Grund dazu?“

„Ich weiß nicht“, antworte ich. Doch, hat sie. Die Sache mit Beate, jener Sonntag, da habe ich ’ne ganz schöne Show abgezogen. Das war nicht ganz sauber.

„Weißt du“, sagt Martin behutsam, „das Schöne an einer langen Freundschaft ist, dass man über alles reden kann. Auch wenn es mal Zoff gegeben hat.“ Er klopft mir auf die Schulter. „Und ich glaube, dass ihr beide eine solche Freundschaft habt. Lass das nicht kaputtgehen!“

„Hm“, bejahe ich halbherzig.

„Hey“, knufft mich Martin, „warum gehst du nicht gleich jetzt bei ihr vorbei?“

„Jetzt?“

„Na klar. Komm, ich fahr dich.“

„Na, ich weiß nicht.“

„Das sagtest du schon. Los, Plätze tauschen. Die alte Dame braucht sowieso etwas frische Luft.“

George Clooney hat mich gerade wieder zu Hause abgesetzt. Melanie wollte noch feiern, aber ich kann nicht. Nicht jetzt.

Die Tür fällt hinter mir ins Schloss. Ich habe noch Melanies Geträllere im Ohr. „The winner takes it all …“ Und ich, der Loser?

Ich hab's vermasselt. Verdammte Scheiße. Pfeffere den Rucksack in die Ecke.

Ringringring. Das Telefon. Bestimmt Sonja. Will wissen, wie's gelaufen ist. Oder Mam, die mir gratulieren will. Niemand zu Hause. Ich will nicht sprechen. Ringringring. Lasst mich in Ruhe.

Fühle mich total ausgepowert. Abgestürzt. Leer. Ringringring.

Ich halte meine Ohren zu. Aufhören, verdammt. Seit Wochen, ach was, seit Monaten hab ich dem Contest entgegengefiebert. Mein Ziel. Mein größter Wunsch, mein Leben … Hab dafür gespart, geschuftet, mich darauf gefreut, davor gefürchtet … Und jetzt? Ich will nur noch einschlafen. Einschlafen, irgendwann wieder aufwachen und feststellen, dass alles nur ein böser Traum gewesen ist.

Dingdong. Die Tür. Wahrscheinlich Melanie. Will mich trösten, mich zum Feiern überreden.

Dingdong. Nein, nein, nein. Vergiss es.

Dingdongdingdongdingdong. Scheiße. Welcher Idiot … Dingdongdingdong.

Genervt reiße ich die Tür auf. „Verdammt. Mel…"

„Hi."

Es ist Benjamin. Stürmt rein. An mir vorbei. Wirft sich auf die Wohnzimmercouch. Der hat mir gerade noch gefehlt. Ich will seinen Trost nicht, nicht jetzt, muss erst mal allein sein.

„He, warte!!!!" Ich folge ihm, bleibe im Wohnzimmertürrahmen stehen.

„Catharina, ich weiß langsam echt nicht mehr, was ich mit Beate machen soll", legt er los.

„Wie?" Beate? Wieso Beate?

„Mal ist es total geil mit ihr und dann. Sie ist so … so … ich weiß nicht …"

Ich glaub's nicht.

„Ich habe lange nachgedacht, mit Thomas geredet, mit Martin – und glaube, es ist besser –"

Das darf doch nicht wahr sein. Meine ganze Welt ist gerade eingestürzt und mein bester Freund hat nichts anderes zu tun, als über seine bescheuerte Beziehung zu labern. Von wegen Trost. Er hat meinen Contest vergessen. Einfach so vergessen.

„Verschwinde“, sage ich gefährlich leise.

Benjamin hält inne und sieht mich total baff an.

„Geh.“ Ich spüre einen dicken Kloß in meinem Hals. Gleich muss ich heulen.

„Ja ... aber ...“, stottert Benjamin.

„Hau doch ab zu deiner blöden Beate“, bricht es aus mir raus.

„Aber –“

„Hau ab und verschwinde für immer aus meinem Leben, Benjamin Rafaniello“, meine Stimme kippt. „Ich hab die Nase voll von dir und deiner Tussi. Ich kann's nicht mehr hören. Es *reicht*!“

„Aber –“

„Aber ... aber ... aber. Nur zu deiner Information. Ich hatte *heute* meinen Contest. Der Wettbewerb war mir verdammt wichtig – falls du dich noch daran erinnerst. Und ich hab's vergeigt. *Verloren. Kein* Background-Dance. *Keine* Tanz-Karriere. Kein gar nichts. *Aus. Vorbei.*“ Meine Augen werden feucht.

Benjamin erhebt sich. Steht mit hängenden Armen vor der Couch. Sagt nicht mal mehr „aber“.

„Und du ... du ... du ...“, schluchze ich. „Du denkst nur noch an diese blöde Tussi. Beate hier, Beate da. Scheiß drauf! Nie im Leben hätte ich meinen besten Freund mehr gebraucht als heute. Aber du … du hast sogar *vergessen*, dass der Wettbewerb *heute* war. Verschwinde aus meinem Leben.“

Benjamin rührt sich nicht.

Ich seh ihn nur noch verschwommen. Die Tränen stürzen wie Gebirgsbäche über meine Wangen.

„Ich –“, setzt er an.

„Ach, Scheiße …“ Ich kann seinen Anblick nicht mehr ertragen. Will nur noch weg, laufe raus.

Die Torpedos ziehen weiße Linien im bleigrauen Meer, direkt auf den manövrierunfähigen Kreuzer zu. Dicht unter der Wasserlinie schlagen sie mit dumpfer Wucht auf, der erste reißt in einer Feuersäule das Vorschiff auf, der zweite durchfetzt alle Decks, sodass es nur Minuten dauern kann, bis das mächtige Schiff in den aufgewühlten Fluten versinken wird.

Ich, Kapitän auf der Brücke, denke nur, Scheiße, hoffentlich dauert's nicht zu lange, absaufen werde ich sowieso. Stehe wie angenagelt und erkenne plötzlich mit unendlich grausamer Klarheit: An all dem bin nur ich schuld: Benjamin Rafaniello, unzweifelhaft. Die ganze Beategeschichte ist keinen Scheiß besser als die ganze Patrickgeschichte. Nur hab ich über all dem Müll die Tanzsache vergessen, verdammt, und ich weiß, dass Catharina das wichtig war, sie hat oft genug davon erzählt.

Ganz langsam drehe ich mich um. Catharina hat sich verkrümelt. Ist irgendwo. Weit, weit weg. In Zeitlupe schleiche ich aus dem Wohnzimmer, in den Flur und verschwinde wie der Spätherbst in der Dunkelheit.

17

Ich laufe, renne, stolpere durch die Straßen, irgendwohin. Will weglaufen vor Benjamin, vor meiner Niederlage, vor meiner Einsamkeit, vor meinem Leben, vor mir selbst. Leise fängt es an zu tröpfeln. Es wird kalt, es ist finster. Ab und zu ein Blitz. Ich hab noch meinen Tomatendress vom Contest an. Bauchfrei. Es zieht um meinen Bauchnabel. Spüre die Kälte und spüre sie nicht. Das gibt 'ne dicke Erkältung, flüstert mir eine Stimme zu, scheißegal, brüllt mir eine zweite ins Ohr. Es regnet stärker. Meine Haare werden nass, klatschen gegen meine Wangen, meine Hose klebt an meinen Beinen. Jetzt gießt es wie aus Kübeln.

Ein Donner rumpelt durch die schweren Wolken, die den frühen Abend in Nacht, in tiefe Nacht verwandeln und alle Sterne verschlucken. Es bleibt ein Schwarz ohne jede

Tiefe, ohne jeden Glanz, schwärzer noch, wie wenn man die Augen schließt – so wie ich.

Noch einmal Rumpeln, dann dreht der liebe Gott den dicksten Wasserhahn auf, der in seinem Wolkenschloss zu finden ist. ZOSCH. Ich stehe vor dem Neptuno-Brunnen und sein Plätschern und sein Wasser verschwinden im Lärm und den Fontänen des Taifuns, von dem ich hoffen möchte, er möge mich baldmöglichst verschlucken. Mich und meine Leere.

Meine Haare sind patschnass, in Bächen fließt das Wasser meinen Kragen hinab, trieft durch meine Jacke und trifft sich im Innern meiner Klamotten. Ich setze mich. Wie oft haben wir hier gesessen. Catharina und ich. Geredet, die Sterne angeschaut. Und jetzt ist alles so weit weg, schmerzlich. Und so nah, schmerzlich.

Ich verberge mein Gesicht in den Händen. Es tut wirklich weh. Aber ich kann nichts tun. Nur dasitzen, so wie der Regen halt regnet.

Tobender Lärm. Tobende Stille.

Ein klarer Gedanke. Nur einer.

„Im Innern jedes Menschen ist immer ein ruhiger Kern, ganz unten hinter dem Bauchnabel." Begleitet vom Rauschen des Regens hallen Chens Worte in mir nach. „„Kehre im Geist zum Ursprünglichen zurück', so sagt Tschuang-Tse."

Chen. Hundertmal hat er den Spruch gebracht.

Der klare Gedanke.

Ich öffne meine Augen. Regen.

Dann sprich, Rafaniello.

Beate, welch schöne Brüste, sagt Benjamin mit seinem Kollegen zwischen den Beinen. Aber ich habe mich immer alleine gefühlt mit ihr, sagt Benjamin, der im Regen sitzt. Alleine und unverstanden. Was soll eine Liebe, in der man nicht über das reden kann, was jeden Tag geschieht, über die Eltern, über die Arbeit, über die Dinge, die nicht einfach sind, sagt Benjamin, der verdammt noch mal versucht sein Leben in den Griff zu kriegen. Gerade jetzt gibt es nur einen Namen, der in mir leuchtet, sagt Benjamin, der die Sterne in vielen Nächten betrachtet hat. Catharina, sagt Benjamin.

Mit jedem Schritt trete ich in eine Pfütze. Das Wasser spritzt an mir hoch. Ich registriere es. Aber ich merke es nicht. Renne, spritze weiter, immer weiter. Benjamin. Scheißegal bin ich ihm. Beate. Das ist alles, was für ihn zählt. Unsere Freundschaft? Unwichtig. All die Jahre haben wir zusammen gelacht, geweint, gespielt, unsere Probleme gewälzt. Unwichtig. Der wichtigste Mensch in meinem Leben vergisst meinen wichtigsten Tag. Ein dicker fetter Kloß sitzt in meinem Hals, schnürt ihn zu. Klatsch. Eine Riesenpfütze. Das Schmutzwasser auf der Straße spritzt hoch bis zu meiner Nasenspitze. Das Wasser in meinem Gesicht schmeckt salzig. Die Tränen sammeln sich in meinem Mundwinkel. Ich schließe die Augen. Melanies silbrig glänzende Brustspitzen tanzen wieder vor mir auf und ab.

Quuiiiiiiiiiiieeeeeeeeettttttsch. Bremsen. Ein Auto. Schlittert vor mir zur Seite. Eine Stimme. „He, du blöde Kuh, kannst du nicht aufpassen! Läuft wie 'ne Bekloppte bei strömendem Regen mitten auf der Straße und mir fast vor die Kühlerhaube. Besoffen oder bekifft oder was ..."

Das nasse Markstück kullert in den Automaten. Summton. Ich wähle die Nummer. Die Scheiben der Telefonkabine sind beschlagen von all der Feuchtigkeit. Tuten.

„Hi, hier ist der Telefonbeantworter von Beate und Angi. Wir sind im Moment ... blablabla". Diese Sache klären. Wenigstens beenden. Hier und jetzt. Vielleicht will es Beate morgen ausdiskutieren, okay, dann werd' ich meinen Kopf hinhalten; vielleicht will sie auch nicht reden, keine Ahnung, wäre auch egal. Vielleicht ist sie ja bereits in diesem Moment unterwegs und hat eben –. „Piiiiiip."

„Hallo, Beate, hier ist Benjamin." Ich schlucke und fröstle leicht. „Hör mal, ich hab nachgedacht ...", los, Katze aus dem Sack, „aber ich glaube, das bringt's für uns beide nicht so richtig. Für mich ist die Sache gelaufen." Hoffentlich ist sie nicht da und nimmt jetzt den Hörer ab. Und ich füge nach einer Weile hinzu: „Wenn du reden willst, ruf mich an. Wenn du sauer bist, ist das okay." Ich schniefe. „Aber für mich ist es vorbei." Und zack, den Hörer auf die Gabel.

Beschissener Abgang? Vielleicht. Egal. Die Erleichterung stellt sich dennoch sofort ein. Augenblicklich. Ich stehe in der finsteren Telefonkabine und es ist taghell.

Catharina. Verdammt. Die ist einfach irgendwo hingelaufen. Ich krame noch mal eine Mark aus meiner Jacke. Rein damit. Nummer wählen. Tuten. Mann, ist das kalt hier. Hoffentlich ist sie wieder nach Hause gegangen. Tuten. In ihrem verdammten Dress ist sie losgedüst. Der Wettkampfdress. Shit, der Wettkampf, den ich verpennt habe. Tuten. Los, abnehmen. Oh Himmel, keine Sau daheim. Ich knalle den Hörer auf die Gabel, meine Mark kullert lautstark raus.

Okay. Okayokayokay. Ich muss sie suchen. Die Frau muss irgendwo aufzutreiben sein. Bestimmt hängt sie im Regen rum, das ist ihr zuzutrauen. Und ich lächle ... sie ist viel zu sehr so wie ich.

Ich stürme aus der Kabine, tosender Regen. Meine Augen versuchen die Dunkelheit zu durchdringen. Zu Fuß wird das nie was. Ab zur Garage. Das richtige Suchwerkzeug ist alles. Ein Willys Overland CJ-3A und ein Schlüssel an einem rostigen Nagel.

Weiter, immer weiter. Weg. Ich kann bald nicht mehr. Meine Lungen streiken, schnappen schon nach Luft. Meine Beine wollen wegknicken, ich fühle mich zittrig.

Ich lehne mich gegen einen Gartenzaun. Japse. Schleppe mich auf die andere Straßenseite. Eine Bushaltestelle. Überdacht. Krümele mich in eine Ecke. Ziehe meine klatschnassen Beine hoch, drücke meinen Kopf gegen die Plexiglaswand. Schließe die Augen und heule stumme Tränen.

Plötzlich spüre ich eine Hand auf meiner Schulter. Öffne die Augen, sehe in das verrunzelte Gesicht einer alten Frau. Was will den die? Schlohweiße Haare. Gütige hellblaue Augen. „Ist Ihnen nicht gut, Fräulein?“, fragt sie besorgt und lächelt mich lieb an.

Ich kann nur losschluchzen.

„Kann ich Ihnen helfen?“

Heulend schüttle ich den Kopf. Sie kann mir nicht helfen. Sie nicht. Niemand.

Sie beugt sich ganz nah zu mir. „Sie sind ja völlig durchnässt. Sie holen sich ja den Tod, Kindchen."

Na und, will ich sie anbrüllen. Na und? Wen kümmert's? Nicht mal meinen besten Freund. Dem bin ich nämlich scheißegal.

Ein Lichtkegel erhellt die regennasse Straße. Ein Auto fegt an uns vorbei.

„Sie können hier nicht sitzen bleiben", drängelt die Alte.

Wieder Licht, wieder ein Auto. Noch eins.

„Kindchen."

Wieder ein Wagen. Langsam rollt er an uns vorbei. Ich kenne ihn. Es ist Benjamins stinkender, dampfender Oldtimer. Ein winzig kleiner Funken Hoffnung keimt in mir auf. Er sucht mich. Nein. Der Oldtimer verschwindet im Dunkel. Weg. Sicher ist er auf dem Weg zu seiner Beate. Macht einen Oldtimer-Ausflug mit ihr. So wie mit mir. Damals. Vor hundert Jahren. Die Kälte kriecht durch meinen ganzen Körper. Meine Zähne klappern. Ich schlinge meine beiden nackten Arme um mich.

„Ich rufe die Polizei", beschließt die Alte.

Wieder ein Lichtkegel. Diesmal aus der anderen Richtung.

Langsam kommt er näher. Er ist es wieder. Der Oldtimer. Benjamin. Er ist nicht zu Beate gefahren. Er hat mich gesucht. Kurz vor der Haltestelle hält der Wagen mit quietschenden Reifen. Die Tür geht auf, Benjamin springt raus.

„*Catharina*!!!!!!“, schreit er mir entgegen. Seine Stimme ein Gemisch aus Besorgnis, Wut, Verzweiflung, Erleichterung … Plötzlich ist mir gar nicht mehr so kalt.

Ich dachte schon, gleich erwachen sämtliche Bullen der Stadt, bei dem Lärm, den ich in den Gassen veranstaltet habe. Da endlich, Bushaltestelle: War da nicht eine zusammengekauerte Gestalt in schummrigem Tomatenrot? Hölle, ich die Karre rumgerissen und voll in die Eisen. Der nasse Gummi schlittert nur so übers Pflaster.

Ich erkenne deutlich Catharinas schneeweißes Gesicht und über sie gebeugt wie der Tod eine alte Frau. Scheiße. Ich zerre eine fette, etwas schmuddelige Wolldecke unter dem Beifahrersitz hervor, die ich mir in weiser Vorausschau in der Garage gepackt habe und hechte aus dem Jeep.

Benjamin steht vor mir. Sieht mich nur an. Sagt kein Wort. Dann beugt er sich zu mir, streicht mit dem Finger eine nasse Haarsträhne aus meinem Gesicht, hält mir dann seine Hand hin. Ich löse meine Umklammerung, nehme seine Hand, lasse mich von ihm hochziehen. Er führt mich zu seinem Oldtimer, packt mich auf den Beifahrersitz, hängt mir eine Decke über den Rücken. Über meinen Schultern zurrt er sie ganz eng zusammen. Sieht mich einen Moment an, sagt kein Wort, gibt mir nur einen kleinen Kuss auf die Nasenspitze. Ich höre augenblicklich auf zu zittern, ein Schwall Wärme rauscht durch meinen Körper. Es ist, als hätte er mit diesem kleinen Kuss meinen inneren Ofen wieder angeheizt. Ich sehe aus dem Fenster. Die alte Frau steht noch immer an der Bushaltestelle, sieht uns fassungslos zu. Ich wühle einen Arm aus der Decke und winke ihr zu, doch sie schüttelt nur den Kopf, wendet sich ab, denkt bestimmt „diese Jugend von heute". Schade, eigentlich war es total lieb von ihr, sich um mich zu kümmern.

Benjamin umklammert das Steuerrad mit beiden Händen. Immer wieder dreht er den Kopf zu mir, mustert mich. Schüttelt leicht den Kopf.

„Ich schau bestimmt total übel aus", wispere ich irgendwann in die Stille.

„Mann, bin ich froh, dass ich dich gefunden habe", murmelt Benjamin.

Meine Zähne machen sich wieder selbstständig, klappern

gleichmäßig vor sich hin. Brrrrrr. Ein Schüttelfrost nach dem anderen rauscht durch meinen Körper.

„Wo bringst du mich hin?“

„Du brauchst sofort ein heißes Bad. Und heiße Milch mit Honig. Und was Gutes zu essen.“

„Ja“, nicke ich.

Wir sind fast in unserer Straße angekommen.

„Ich will nicht nach Hause“, murmele ich leise in meine Decke.

Benjamin dreht seinen Kopf zu mir, überlegt kurz, dann nickt er. „Okay, du kommst mit zu mir. Meine Eltern sind nicht da. Und deine würden vermutlich ausrasten, wenn sie dich so sehen.“

Und Beate?, will ich ihn noch fragen, doch Benjamin biegt schon in den Hof ein.

Wir donnern am Neptuno vorbei und halten vor unserer Wohnung. Es brennt wirklich kein Licht. Gut, so nerven meine Eltern wenigstens nicht mit irgendwelchen Fragen.

Ich steige aus dem Wagen und helfe Catharina, die immer noch in die dicke Wolldecke eingewickelt ist, aus dem Jeep. Sie sieht unendlich zerbrechlich aus, fast durchsichtig, wie eine russische Prinzessin. Aus dem Wolldeckenbündel strecken sich mir zwei Arme entgegen und sie halb tragend helfe ich ihr zur Tür und suche in meiner nassen Hosentasche den Hausschlüssel.

„Was … was ist mit Beate?“, haucht Catharina plötzlich.

Beate! Ich schaue ihr tief in die Augen und antworte ernst: „Vergiss Beate. Das ist vorbei, eigentlich schon lange.“ Und füge aus tiefstem Herzen hinzu: „Hier und jetzt zählen nur du und ich.“ Catharina lächelt fein. Und während ich die Haustür aufschließe, frage ich mich, wer das den nun eben gesagt hat. Benjamin, der edle Samariter? Oder vielmehr Benjamin, der …

Mit letzter Kraft schleppe ich mich die Treppen zu Benjamins Wohnungstür hoch. Und spüre jetzt erst, wie fertig ich bin. Benjamin sperrt die Tür auf und verschwindet gleich in seinem Zimmer.

„Hier“, er kommt zurück, hält mir einen Stoß Klamotten und ein Badetuch hin. „Zieh deine nassen Sachen aus, reib dich trocken und schlüpf erst mal in meinen Jogging-Anzug. Ich lass dir inzwischen Wasser in die Wanne.“

Brav folge ich seinen Anweisungen und lasse mich dann kraftlos auf einen Stuhl in der Küche fallen.

„So." Benjamin reibt sich die Hände. „Jetzt mache ich dir einen schönen heißen Grog. Und während du in der Wanne liegst, zaubere ich dir ein gigantisches Mega-Stärkungsmenü ..."

„Danke, Benjamin." Ich sehe ihm zu, wie er am Herd hantiert und plötzlich ist alles wieder wie früher. Die Distanz der letzten Wochen ist wie weggeblasen. Es ist, als hätte niemals eine Beate, niemals ein Patrick existiert.

„Hier", Benjamin hält mir eine dampfende Tasse entgegen. „Heiß trinken."

Ich wärme meine klammen Finger an dem Gefäß, puste hinein und schlürfe einen ersten Schluck.

Benjamin schaut mich prüfend an. „Na, besser?"

„Viel besser. Tut echt gut."

„Zeig." Benjamin legt seine Hand auf meine, streichelt sie ganz zart. Ein ganz merkwürdiges Gefühl huscht bei seiner sanften Berührung durch meinen Körper. Schnell ziehe ich meine Hand weg. Er seine auch. Ich sehe ihn an. Seine Wuschelhaare, sein liebes Gesicht. Seine schönen braunen Augen mit den goldenen Sprenkeln.

So vertraut und doch plötzlich irgendwie auch nicht. Seine Augen sehen mich anders an als sonst. Liebevoll. Zärtlich. Plötzlich weiß ich: Falsch. Nichts ist mehr wie früher: Alles ist anders.

„Tja, ich seh dann mal nach dem Wasser."

Ich kuschele mich in Benjamins Jogginganzug, fühle mich wohl, warm, geborgen, aber irgendwie auch aufgeregt, aufgewühlt, aufgedreht. Keine Ahnung. Komisch. In der letzten halben Stunde musste ich nicht einmal an den verpatzten Wettbewerb denken …

Nach ein paar Minuten erscheint Benjamin wieder. „Die Wanne ist fast voll. Ich fang dann schon mal mit Kochen an."

„Danke." Ich verschwinde im Badezimmer, ziehe die Tür hinter mir zu. Über der Wanne sammeln sich dicke Dampfschwaden, auf dem Wasser tanzen hunderte von kleinen bunten Seifenblasen. Ich schlüpfe aus Benjamins Jogginganzug und strecke vorsichtig einen Zeh ins Wasser. Puuuhhhh! Mindestens vierzig Grad. Luft anhalten und rein. Das heiße Wasser dringt in jede Pore meines durchgefrorenen Körpers. Wärmt ihn auf. Heizt ihn an. Ich lehne meinen Kopf zurück, spiele mit den Seifenblasen. Baue Lufttürme und puste sie wieder um.

Benjamin klopft an die Tür. „Na, alles klar?", fragt er durch die Tür.

„Jaha!" Mein Blick bleibt an der Tür hängen. Am liebsten würde ich ihn fragen, ob er reinkommen möchte. Am Wannenrand sitzen und meinen Rücken schrubben. Oder zu mir in die Wanne. Zusammen Seifenblasentürme bauen. Sich berühren. Über die feuchte, glatte Haut streicheln. Moment, Catharina!, rufe ich mich zur Räson. Deine Phantasie geht mit dir durch. Die Kälte verwirrt dir die Sinne. Oder der Grog. Benjamin ist dein bester Freund. Freund. Nicht mehr. Und außerdem wäre da noch die Sache mit Beate. Und überhaupt …

Ich halte meine Nase zu und tauche unter. Tauche wieder auf, schüttele meine Haare zurück. Von draußen weht ein leckerer Duft ins Badezimmer. Vermischt sich mit dem süßlichen Geruch des Badewassers. Fühle mich himmlisch wohl und unbeschwert und würde am liebsten den Rest meines Lebens hier in Benjamins Badewanne verbringen.

Hühnersuppe – in solchen Fällen das einzig Richtige. Und ich verstehe was davon. Natürlich keine von Mamas öden Tüten aus dem Supermarkt. Nur frisches Zubehör, alles andere ist billiger Schrott. Für solche Zwecke gibt's schließlich immer einige Pouletstückchen in Benjamins Tiefkühler, den milden Senf, einige Lauchringe, Ingwer, süßen Pfeffer und frischen Schnittlauch aus dem Blumentopf auf dem Balkon. Ich öffne das Fenster und ein schwerer, fruchtiger Altweibersommerduft weht herein. Regen, der die Pflastersteine kühlt. Bäume, deren Duft wie neu geboren durch die Blätter zieht. Die gereinigte Luft, die noch immer die letzte Wärme der Jahreszeit in sich trägt. Ich schließe genießerisch die Augen und sauge die Luft bis in die Zehenspitzen.

All das ist einfach wundervoll.

Der Moment ist voller Zauber. Der schlimme Moment der Verwirrung, nun die Klarheit, Rettung aus der Not, Wiederfinden. Catharina. Versunken hantiere ich in der Pfanne rum, brate das in feine Stücke geschnittene Fleisch an.

Catharina.

Wie im Schlaf greife ich nach den Schüsselchen, den Zutaten, ein Schluck Weißwein. Dampfwolken steigen auf. Aufgießen. Herrlicher Duft. Für Catharina. Und ein Gefühl der Wärme steigt auf, hinter meinem Bauchnabel. Augen offen, Augen geschlossen. Alles ist gut. Und sehe Catharina vor mir, von Schaum umgeben in der Badewanne, wunderschön. Die Suppe beginnt leise zu brodeln. Eine Flasche Rotwein. Korkenzieher. Rot wie ihre Lippen. Ihre Haare. Thomas hatte Recht. Martin auch. Die Sterne haben es immer gewusst. Sagt Benjamin, der Zauberlehrling. Und ich möchte sie küssen, ihr vertrautes Gesicht in meinen Händen halten. Ich weiß nicht, wie, aber ich bin ganz sicher, dass es geschehen wird. Gleich jetzt. Mein Mund ist ganz trocken. Noch zehn Minuten …

Wieder ein Klopfen an der Tür. „Das Essen ist fertig! Kommst du dann?"

„Super!" Ich hieve mich aus der Wanne. Etwas zu schnell. Mein Kopf dreht sich ein bisschen. Ich mag die Seifenblasen nicht mit kaltem Wasser abspülen, trockne mich nur schnell ab und schlüpfe wieder in Benjamins Jogginganzug. Hauche den beschlagenen Spiegel an und sehe in mein Gesicht.

Grausig. Meine Augenlider sind geschwollen, die Wangen knallrot, die Haare hängen wirr durch die Gegend. So kann ich Benjamin nicht unter die Augen treten. Kamm, Kamm, irgendwo muss Benjamins Mutter doch einen Kamm haben … Ich durchforste die Schubladen des Badezimmerschranks. Ah hier. Energisch entwirre ich meine Haare und flechte sie zu einem langen Zopf auf dem Rücken. Schade, weit und breit kein Make-up. Entweder Benjamins Mutter benutzt keines, oder sie bewahrt es nicht hier auf. Mist. Nicht einmal Mascara oder ein Kajal. Oder ein Labello. Nichts. Na ja. Schließlich kennt mich Benjamin ja in allen Lebenslagen. Ungeschminkt, fertig, übermüdet. Komisch. Früher war es mir piepegal, wie ich aussah, wenn ich mit Benjamin zusammen war …

Ich stehe vor der Badezimmertür. Starre auf das Holz, als könnte ich Catharina dahinter sehen, als wäre die Welt aus Glas. Die Suppe ist fertig. Schnellstverfahren à la Rafaniello. Der Wein in zwei Gläsern. Kerzen. Perfekt. Habe ich auch nichts vergessen? Vorsichtig lege ich die Hand auf die Türklinke. Soll ich einfach reingehen? Sie umarmen, für all die Jahre, die in diesem Augenblick plötzlich ihren wahren Sinn offenbaren? Und zucke zurück, weia, gar nicht so leicht. Benjamin, der Angsthase. Das hier ist so unendlich anders als damals in der „Why not"-Bar. Unendlich viel wichtiger. Meine Zunge klebt am Gaumen. Mein Herz an meiner Seele. Die Wohnung duftet. Weiches warmes Licht aus der Küche. Leise Geräusche aus dem Bad. Catharina.

Klopfen. „Kommst du jetzt?"
„Sofort!" Ich beiße mir noch schnell kräftig in die Lippen. Fördert die Durchblutung und färbt die Lippen rot, auch ohne Lippenstift.

18

Es ist dunkel in Benjamin Rafaniellos Essküche. Die Lichter gelöscht. Auf dem festlich gedeckten Tisch flackern ein paar dunkelrote Kerzen. Richtig festlich, gemütlich. Draußen knallt der Donner.

„Wow!"

Benjamin steht am Herd und werkelt mit ein paar Töpfen rum.

„Schön!"

„Ich dachte, so kannst du dich besser aufwärmen." Täusche ich mich oder stottert Benjamin ein bisschen?

„Setz dich!"

„Was gibt's denn?"

„Die weltberühmte Hühnersuppe des B. Rafaniello. Das beste Mittel gegen vorwitzige Erkältungsviren." Benjamin gießt die Suppe vorsichtig in meinen Teller.

Mit zitternden Händen fülle ich Catharinas Teller. Hoffentlich merkt sie es nicht. Zum Glück beherrsche ich jeden Handgriff wie im Schlaf. Schwupp, das Sahnehäubchen oben drauf mit dem Rest Schnittlauch. Vorhin, als ich alleine in der Küche war, war alles so einfach. Und jetzt sitzt sie in meinem Jogging-Anzug am Tisch. Wie schon so oft und doch total anders. Wunderschön. Die Haare leicht feucht, die Haut im Licht der Kerzen rosig, die Augen tief und glitzernd. Wie ein Wesen von einem anderen Stern. Wie Dornröschen, das eben wachgeküsst wurde. Das ich doch wachküssen möchte – oder wieder in den Schlaf wiegen, ich weiß es nicht. Aber küssen auf jeden Fall, auch wenn ich keine Ahnung habe, wie, was wichtig ist und total unwichtig. Und sie lächelt mich einfach nur an. Lächelt und mein Herz bebt wie das eines verliebten Eichhörnchens und meine Zähne klappern beinahe vor Anspannung. Benjamin, der kochende Nager.

Hinsetzen, Rafaniello, sonst fällst du noch in Ohnmacht.

Und was sagen. Zum Beispiel … zum Beispiel: „… schön, dass du wieder in Ordnung bist. Hast mir einen ganz schönen Schrecken eingejagt."

Catharina nickt und lächelt noch immer. Vorsichtig nimmt sie den Löffel und taucht ihn in die Suppe, mitten durch das

Sahnehäubchen. Leises Schlürfen, „mmh“ sagt sie. Ein Blick, mitten durch mein Herz.

Die heiße Suppe jagt durch meinen Körper, vertreibt den letzten Rest Kälte. Langsam wird mir richtig heiß. Benjamin sitzt vor mir und beobachtet, wie ich löffle. Wie damals, bei unserem Testessen. Nach meiner Fete. Vor hundertfünfundzwanzig Jahren. Aber sein Blick ist anders heute. So gar nicht kochmäßig. Irgendwie tief. Irgendwie komisch. Macht mich ganz kribbelig, wie er so dasitzt und guckt.

Ich schlürfe die Suppe bis auf den letzten Tropfen, schiebe die Schüssel weg. „Tut total gut!“

Eifrig packt Benjamin die Schüssel weg, verfällt plötzlich in Hektik. Zieht eine fette Pfanne aus dem Schrank. „Und jetzt brat ich dir ein dickes, saftiges Steak. Du wirst sehen, das weckt die Lebensgeister!“

Ich will kein Steak. Bin satt. Fühle mich wohlig voll und irgendwie total kuschelig. Am liebsten wäre mir, wenn sich Benjamin neben mich setzt, damit ich meinen Kopf an seine Schulter lehnen kann.

„Geht ruck, zuck.“ Er öffnet den Kühlschrank und zieht ein Paket raus. Dann steckt er den Kopf hinein. „Dazu vielleicht ein paar Möhrchen? Oder Broccoliröschen? Wenn du großen

Hunger hast, kann ich dir auch noch rasch ein paar Nudeln dazu kochen."

Er hängt über dem Kühlschrank, mit einer Hand hält er die Tür offen. Die Jogginghose spannt. Er hat einen richtig süßen, knackigen Po. Ist mir noch nie aufgefallen. Na ja, in den weiten Cargohosen oder Overalls, die er sonst immer anhat.

„Oder Reis?"

„Benjamin!"

„Oder was Exotisches."

„Benjamin!"

Er dreht sich zu mir, ohne die Tür vom Kühlschrank loszulassen.

„Ich hab gar keinen Hunger mehr."

„Oh", macht er, hat immer noch das Paket Fleisch in der Hand, scheint irgendwie ratlos.

Ich muss grinsen. „Du bist irgendwie so hektisch … setz dich doch einfach ein bisschen zu mir."

Benjamin lässt die Küchentür los, legt das Fleisch zurück, schließt die Tür und lehnt sich dagegen. „Vielleicht was Süßes? Ich hab's: warmer Vanillepudding, ich mach dir einen leckeren warmen Vanillepudding."

Ohne meine Antwort abzuwarten, macht er sich ans Werk, öffnet wieder die Kühlschranktür und greift nach der Milch.

„Okay." Eigentlich mag ich jetzt auch keinen Pudding, doch Benjamin scheint sich irgendwie beschäftigen zu müssen, vielleicht mag er sich auch einfach nicht neben mich setzen.

Es liegt Spannung in der Luft, eine ganz eigenartige Stimmung. Ich fühle mich wie in einem Sektglas mit hundert wild blubbernden Blasen. Benjamin rührt schweigend in der kochenden Milch. Ab und zu knallt draußen ein gewaltiger Donner in die Stille.

„Ganz schön heftiges Gewitter", sag ich dann.

„Stimmt", nickt Benjamin und rührt fleißig weiter.

Komisch. Ich weiß ja, dass Milch ohne Rühren anbrennt, aber trotzdem.

Ein bisschen Musik könnte jetzt eigentlich nicht schaden. „Legst du 'ne CD auf?"

„Gleich", nickt Benjamin über seinem Milchtopf. „Was magst du hören?"

„Alles, nur nicht Hip-Hop!"

Benjamin schiebt den Topf vom Herd. „Was Langsames?"

„Okay."

„Martin hat mir die neue ‚Forever Soul' geliehen. Wollen wir mal reinhören?", fragt er geschäftig.

„Klingt gut."

Nach ein paar Minuten tönt Mariah Careys glockenhelle Stimme durch die Küche. Genau das Richtige. Die Kerzen flackern. Draußen prasselt der Regen gegen das Fenster. Es duftet herrlich nach Vanille. Und jetzt will ich nur noch, dass sich Benjamin endlich zu mir setzt, will mich an seine Schulter kuscheln. Ihn fühlen, riechen, küssen …

Ich rühre in der Pfanne auf Teufel komm raus. Sahnig muss es sein. Sahnig. Und rühre, als ob es Butter werden müsste. Meine Gedanken drehen sich unverständlich, wie das Stimmengewirr in einer fernen Stadt … ich verstehe kein Wort. Es ist, als würde ich neben mir stehen und mir zusehen, als würde ein vanilleduftender Geist mit seinem Schwingbesen in meinem Hirn rühren. Ich fühle mich sahnig. Verstehe kein bisschen, aber es fühlt sich wunderbar an. Alles ist anders, so ganz anders. Warm, duftend, richtig. Ich sehe Catharina an, wie sie da sitzt und mich betrachtet. Ich schließe meine Augen und sehe sie immer noch. Mit Jogginganzug, ohne.

Jetzt kennen wir uns schon so lange. Unser ganzes Leben haben wir irgendwie miteinander geteilt, alles was wichtig war. Ganz nahe beieinander. Wundervolle Freunde. Doch heute Abend ist etwas mehr dazugekommen. Wie beim Intro eines Songs, wenn plötzlich die Stimme einsetzt und die wirkliche Geschichte erzählt.

Und mit der ganzen Wärme rauscht eine seltsame Nervosität durch mich, ein Sommergewitter und mein Herz schlägt im Takt des Schwingbesens. Ich möchte dieser Vanillepudding sein, um von Catharinas Lippen berührt zu werden. Ich möchte sie küssen, ihre Haare aus ihrem Gesicht streicheln und ihren Mund berühren. Und zittere nur am ganzen Leib.

All das ist völlig anders als bei Beate. Das Kribbeln ist überall, nicht nur zwischen meinen Beinen. Und was in der „Why not"-Bar eben noch von Jagdfieber durchdrungen war, ist nun voller Zärtlichkeit und sagt: Das hier, das ist wirklich wichtig. Sie küssen, oder auch noch tausend Jahre warten. Jetzt alles entscheiden, oder nur noch lächeln, wenn alles entschieden ist. Die Milch kocht, die Vanille duftet. Wenn sie fertig ist, ist es so weit. Ich weiß es ganz genau. Ich schalte den Herd aus, drehe mich um wie der Held der ersten Stunde … und mein Herz fällt mir in die Hose.

Catharina.

Und wenn ich mich irre?

Aber nein, das ist unmöglich. Es muss unmöglich sein.

Voilà, fertig." Benjamin füllt den Pudding in zwei Glasschälchen, stellt sie hin und setzt sich auf die gegenüberliegende Tischseite. „Tut dir bestimmt gut."

„Lecker", nicke ich. Der Pudding ist mir piepegal ...

„Es geht doch nichts über warmen Vanillepudding", seufzt Benjamin und fängt an zu löffeln. Er sieht so niedlich aus im Kerzenschein. Ich sehe ihn an, die Gedanken purzeln in Sekundenschnelle durch meinen Kopf. Ich will ihn berühren. Ich kann nicht anders. Ich muss. Vielleicht zerstöre ich jetzt unsere Freundschaft. Vielleicht erschreckt er sich, weist mich ab. Vielleicht mag er mich gar nicht, nicht so, vielleicht gefalle ich ihm gar nicht. Jetzt. Über dem Vanillepudding. In diesem Moment bin ich sicher: Ich will mehr von ihm.

„Warte". Ich tauche meinen Finger in den warmen Pudding, beuge mich über den Tisch, nehme ihm den Löffel aus der Hand und halte ihm meinen Puddingfinger vor die Lippen. Mit weit aufgerissenen Augen starrt mich Benjamin völlig verdutzt an. Ich lächle ihm aufmunternd zu. Kreise mit meinem Puddingfinger vor seinem Mund. Auf einmal schnappt er zu. Beißt ganz leicht in meinen Finger. Schleckt ihn ab. Küsst ihn. Nimmt meine Hand. Küsst sie. Bedeckt sie mit ganz kleinen zarten Küsschen. Mir wird immer heißer. Ich schiebe meine Puddingschüssel zur Seite und robbe über den Tisch. Benjamin zieht mich rüber zu sich. Ich plumpse auf den Stuhl neben ihm. Jetzt sitzen wir uns gegenüber, Hand in Hand. Benjamin lässt mich los und zieht den Stuhl ganz nah heran. Knie an Knie. Streicht vorsichtig eine Haarsträhne aus meinem Gesicht. Ich halte seine Hand fest, küsse sie. Jede einzelne Fingerkuppe. Riecht nach Vanille. Ich küsse weiter, den Arm entlang. Mir wird richtig heiß. Plötzlich liegen meine Lippen auf seinen. Wir hocken auf einem Stuhl, ich auf seinem Schoß. Meine Beine über seinen. Seine Arme um meine Hüften. Schlinge meine Arme um seinen Hals. Umrunde seine Lippen mit meiner Zunge. Vanille. Süß. Ich spüre seine Lust. Sein Penis ist hart, drückt gegen mein Becken. Jetzt versinkt seine Zunge in meinem Mund. Ganz tief. Meine Hände gleiten unter sein Sweatshirt. Ich spüre seine nackte Haut. Warm. Weich. Glatt. Er lässt mich sekundenlang los. Streckt seine Arme hoch. Ohne seine Lippen von meinen zu nehmen. Ich ziehe das Shirt über seinen Kopf. Für einen kurzen Moment müssen sich unsere Lippen trennen, um sich gleich wieder zu finden. Jetzt gleiten seine Hände unter mein Sweatshirt. Wandern meine Taille entlang nach oben. Zart. Zärtlich. Ganz langsam. Rutschen zu meinen Brüsten. Betasten sie zärtlich. Vorsichtig. Gleiten über meine Brustwarzen. Ein wohliger Schauer rauscht durch meinen Körper. Ich kann kaum noch atmen. Ich zittere wieder. Diesmal nicht vor Kälte. Strecke meine Arme hoch. Hastig wurstelt er mein Joggingoberteil weg, wirft es zur Seite. Streichelt meine Haare, meinen Rücken, meinen Busen. Immer noch kleben unsere Lippen aufeinander.

Ich habe es gewusst. Und damit endet jeder Gedanke. Kein Grübeln, kein Planen, kein Mir-selbst-immer-über-die-Schulter-Gucken. Der Finger, die Vanille, ihr Lächeln, das sagte: Du Benjamin. Nicht wahr, du weißt es. Noch eine Sekunde länger, hätte ich gezögert?

Und dann sitzt sie auf meinem Schoß, schlingt die Beine um mich. Hitze dringt aus ihrem Körper und setzt alles in Brand. Ihre Lippen, weich und etwas rau, auf den meinen. Erst ganz fein, dann fester, ihr Mund öffnet sich leicht, ein feines, wohliges Schmatzen. Ich fahre mit den Händen ihren Rücken hoch, betaste die feine Muskulatur, die Schulterblätter, hinauf zum Nacken. Weich und fest zugleich drücken ihre Brüste gegen meine Brust und ich kriege eine Gänsehaut – und eine riesige Erektion. Ihre Arme schlingen sich um mich, dreimal rundherum. Ich halte sie ganz fest, spüre ihr ganzes Gewicht und möchte es mit mir fortreißen.

Fest umfasse ich ihre Oberschenkel. Weg aus der Küche.

In mein Zimmer. Sie und ich. Ich fühle intensiv, wie sich jeder Muskel in meinem Körper anspannt. Catharinas Arme liegen fest über meinen Schultern. Ihre Lippen küssen noch immer, weich und in sanften Kreisen. Ich ziehe sie eng an mich und stehe mit ihr auf, leicht schwindlig, und der Stuhl fällt scheppernd auf den Boden. Ohne die Augen zu öffnen, kichert sie, küsst meine Wange, mein Ohr, meinen Hals und ich torkle los. Küchentüre, Gang, zweite rechts. Ich drücke meine Tür mit ihrem Rücken auf und tappe ins Dunkle. Mit der Ferse knalle ich die Tür zu. Meine Schultern brennen. „Ich bin doch viel zu schwer", flüstert sie. Scheißegal. Zwei Schritte, dann fallen wir aufs Bett, sie unten und ich über sie. Kühle Kissen umfangen uns.

Benjamin trägt mich. Ich schwebe, fliege, fühle mich schwerelos. Wir, wir schweben. Klammere mich an ihn wie eine Ertrinkende und küsse, küsse ihn überall, küsse jeden Zentimeter Haut, den meine Lippen erwischen. Mir ist heiß, schwindelig, alles dreht sich. Meine Augen sind zu. Bleiben zu. Plumps. Plötzlich ist alles weich. Fühle mich wie eine Sternschnuppe, die in einen Watteeimer fällt. Weich, leicht, schwerelos. Spüre seine Hand auf meinen Brüsten. Ganz vorsichtig streicheln seine Fingerkuppen über meine

Brustwarzen. Puh. Meine Brüste werden schwer, fest, spannen, fühlen sich an wie aufgeblasen, wie Doppel-D. Seine Hand reist weiter, streicht über meinen Bauchnabel, beginnt mit dem Abtauchen, schlüpft unter meine Hose. Arbeitet sich ganz sachte vorwärts. Jahh. Puh. Jetzt zupft die Hand an meiner Hose. Fragend. Abwartend. Ja. Weiter, Benjamin. Ich strecke ihm mein Becken entgegen. Er zieht an dem Stück Stoff, den Rest strampele ich mit meinen Beinen zur Seite. Jahh, flüstere ich in sein Ohr. Weiter. Ich will dich spüren, in mir, ganz nah.

Jetzt, der Moment. Ich will mit ihr Schlafen. Ich habe es schon gewollt, als ich noch im Pudding gerührt habe. Soll ich sie fragen? Oder einfach handeln. Ich streichle über ihre Brüste, oh Mann, wunderschön. Wie sie leicht auf ihrem Brustkorb liegen, die feine Falte der linken, die rechte, wie sie zur Seite gleitet, klein und fest. Das zarte Rosa im Licht der Straßenlampen, das durch die halb geschlossenen Läden fällt.

Meine Hand fährt tiefer, kitzelt über ihren Bauchnabel, dann an ihrem Hosenbund entlang. In einer fast unsichtbaren Rundung verschwindet ihr Beckenknochen unter dem dunklen Stoff und meine Finger folgen ihm. Nur mein Daumen hakt ein und zieht die alles entscheidende Stoffgrenze mit sich, nach links, nach rechts, und schließlich tiefer. Tiefer. Bis zu den feinen Härchen. Küssen, immer weiter küssen, auch wenn meine ganze Konzentration dort unten ist. Dort wo ich mit meiner Hand nach hinten streichle, über ihren Po, und die Hose sanft hinunterziehe, bis sie nur noch von Catharinas Gewicht auf der Matratze gehalten wird. Catharina haucht einen leisen Ton in mein Ohr und dann … hebt sie ihr Becken und die Hose verschwindet im Nichts. Ich streichle sie ihre Beine entlang hinab, soweit ich komme, ohne meine Lippen von den ihren zu lassen. Und sie strampelt sie weg.

Das bedeutet Ja.

Ganz nackt liege ich bei ihm, neben ihm, Haut an Haut. Mein ganzer Körper brodelt. Jetzt küsst er meine Brüste. Alles spannt. Doppel-Doppel-D. Was ist jetzt? Er dreht sich zur Seite. Wie draufgeklebt bleibe ich an ihm, rolle mit ihm. Liege auf ihm. Schnaufe. Schwitze. Zerfließe. Brenne. Sein hartes Glied pulsiert auf meinem Becken. Alles in mir vibriert.

Vorsichtig rutsche ich tiefer, um ihre Brüste zu küssen. An ihnen zu saugen wie ein Baby. In meinem Unterleib zieht es alles zusammen, jetzt bloß cool bleiben. Ich gleite an ihr entlang hinunter und das Laken zieht meine Vorhaut hoch. Shit, mein Ständer ist da unten irgendwo abgeknickt und das grobe Leintuch kratzt an meiner Eichel, irgendwie schmerzhaft. Ich räkle mich, aber es hilft nicht. Die Vorhaut will nicht zurück. Okay, no panic. Ich drehe mich leicht zur Seite, streichle mit meiner anderen Hand an Catharina hinunter und zupfe an meiner Vorhaut. Da dreht sich Catharina mit, ich kippe auf den Rücken und sie gleitet sanft auf mich, streichelt meine Seite, unter die Achselhöhle und ihr Oberschenkel zieht über meinen Penis hinweg. Ich keuche vor Verwirrung. Plötzlich ist sie überall und bevor ich den Verstand verliere, funkt die letzte Hirnzelle noch was von einem Kondom, Schublade, neben Bett, jetzt. Bloß nicht aufhören. Ich versuche eine Hand freizumachen und zum Nachtisch zu greifen, ziemlich weit, aber vielleicht kann ich es schaffen …

Ein Kondom. Gut, dass er daran gedacht hat. Ganz vorsichtig schiebt er mich ein kleines bisschen zur Seite. Fummelt den Gummi hektisch über seinen Penis, der sich mir entgegenstreckt. Riesig. Hart. Das Ding soll in mich hineinpassen? Und wenn zu wenig Platz ist? Und wenn es weh tut? Plötzlich überkommt mich ein kleines bisschen Angst. Ob er weiß, dass es mein erstes Mal ist? Vielleicht denkt er, ich hab schon mit Patrick … Er muss es wissen.

„Benjamin", hauche ich in sein Ohr. „Ich hab noch nie …"

Seine Arme ziehen mich zurück, ich liege wieder auf ihm, spüre wieder seine feuchten Lippen auf meinen, sie küssen mich und sie geben mir eine Antwort. „Ich auch nicht", formen seine Lippen tonlos auf meinen. Für einen winzig kleinen Moment bleibt mein Herz stehen. Vor Glück. Er hat nicht mit Beate geschlafen. Er hat auf mich gewartet, ich auf ihn. Ohne es zu wissen. Ohne es zu wollen. Er gehört zu mir, ich zu ihm. Ganz. Vorsichtig bewege ich mich ganz langsam hoch und runter. Seine Lippen stöhnen leise in mein Ohr. „Ooaahh." Jetzt. Ein Druck, ein kleiner Stich. Er ist in mir. Ein Teil von Benjamin versinkt in mir. Vorsichtig rutsche ich weiter. Immer tiefer und tiefer schlüpft er in mich hinein. Ein unbeschreibliches Gefühl. Plötzlich geht ein Zucken durch Benjamins Körper. Sein Becken hüpft leicht. Aaahhhhaaa … Er stöhnt auf, verzieht das Gesicht, als hätte er auf eine saure Zitrone gebissen. Hoffentlich habe ich ihm nicht weh getan. Zu heftig hin und her geschaukelt.

Fest halte ich ihre Hüften, mein Penis streicht an der Innenseite ihrer Schenkel auf und ab. Zwischendurch glaube ich ihr Geschlecht zu berühren, aber genau weiß ich es nicht. Augen müsste man dort unten haben. Sie lehnt sich vorsichtig zurück und nun drückt mein Glied irgendwohin. Wahnsinnige Gefühle flackern durch mich, mein Gaumen ist staubtrocken. Sanft räkelt sich Catharina, ihre Augen sind geschlossen, ihre Haare fallen wie eine Aura um ihr Gesicht. Gott, wie schön sie ist, warum habe ich das nicht schon immer gesehen? In all den Augenblicken, die wir beieinander waren. Die feine Nase, die sanft geschwungenen Augenbrauen, das markante Kinn.

Dann die Hitze, eine unbeschreibliche Weichheit und sie sinkt vorsichtig über mich und ich dringe in sie ein. Erst nur ein wenig, dann immer mehr. Ich liege ganz still und in meinem Unterleib tobt ein Vulkan. Catharina legt ihren Kopf zurück und auf ihrer Stirn erscheinen feine Falten. Ich öffne die Augen und starre mit offenem Mund auf ihren Körper, schön und schmal über mir, ihre Brüste, wie sie leise im Rhythmus der Bewegung pulsieren. Noch einen Moment länger, rast es durch meinen Kopf. Doch dann klinkt meine Körper aus und trudelt in die Schwerelosigkeit. Und ich kann nichts mehr tun, nichts mehr denken, nur noch fühlen, wie ein Beben mich erfasst, alle meine Muskeln spannt und alles um uns versinkt, in diesem Augenblick.

Nun ist er ganz still. Die Explosion liegt noch in der Luft. Wie nach einem Erdbeben. Räkelt sich unter mir, keucht noch ein bisschen, um seine Lippen spielt ein kleines Lächeln. Seine Hand spielt mit meinen Haaren. Wischt durch eine Strähne. „Catharina", murmelt er mit geschlossenen Augen und sein Lächeln wird noch ein bisschen breiter.

„Benjamin."

Er lächelt so glücklich, dass mein Herz ganz warm wird. Ich kuschele mich an ihn. Schmiege mich in seinen ausgestreckten Arm. Liebkose seine Brust. „Catharina", murmelt er wieder.

Bestimmt tausendmal hat er schon meinen Namen gesagt, aber noch nie so. So intensiv, tief, zärtlich. Überirdisch schön. Es ist dunkel im Zimmer. Durch die halb geschlossenen Läden fällt zartrosa Laternenlicht. Ich bin so voll mit Zärtlichkeit, mit Liebe, will diesen Moment festhalten. Einfangen, in eine Schatztruhe stecken, an grauen, düsteren Tagen rausholen und wieder erleben. Ich küsse seinen Hals. „Benjamin."

Jetzt bewegt er sich wieder. Schlingt die Arme ganz fest um mich, hält mich für einen Moment, als wolle er mich erdrücken, schiebt mich dann ein wenig zur Seite. Er zupft das Kondom von seinem zusammengeschrumpften Penis.

Das also war mein erstes Mal. Es war … irgendwie unbeschreiblich. Ich glaube, ich war noch nie so glücklich, so wirklich. Obwohl ich keinen Orgasmus hatte. Glaube ich zumindest. Oder doch? Da war ein kleiner Moment, als eine feuchte Welle durch meinen Körper schwappte. Wie fühlt sich ein Orgasmus an? So?

Catharinas Körper glänzt im schwachen Licht. Ich atme noch immer wie verrückt. Und halb abwesend zupfe ich das klebrige Kondom von meinem Schniedel. Mann, das Ding ist widerlich, schnell weg damit, irgendwo neben das Bett. Dann drehe ich mich zu ihr, sie betrachtet die Decke. Sanft greift sie nach meiner Hand. „Woran denkst du jetzt?"

Ich? Keine Ahnung. Bin noch nicht ganz da. Ich betrachte einfach ihren Körper, zupfe eines meiner Haare von ihrem Bauch. „Das war wie ein Flug zu einem anderen Stern", antworte ich.

Catharina lächelt mich an und streichelt über meine Wange. „Der Vanillepudding-Stern."

Wir beide kichern. Ach, es ist herrlich. Ich fühle mich neben ihr so wohl, so geborgen, vertraut, daheim. Ich glaube, ich könnte die ganze Nacht so liegen bleiben. Beate – Mann, der ganze Stress, das war doch nur ein steiniger Mond voller Krater. Kaum gelandet hatte ich schon den Wunsch wieder abzuhauen. Catharina ist der Stern, hell und klar. Ich küsse sie sanft auf die Nase.

Da plötzlich höre ich Schritte im Gang. Tönt wie Mama, das bekannte Rascheln an der Garderobe, dann das Licht unter der Tür. Catharina schreckt hoch.

„Psst", sage ich und zwinkere ihr zu.

Schritte. „Benjamin?", sagt Mamas Stimme. Dann kommt sie zu meiner Tür. Catharina nestelt nervös nach der verdrehten Decke. Es klopft. „Benjamin?", höre ich eine fragende Stimme. Sie klingt völlig fremd. Ich richte mich auf und starre die schwarze Tür an. Mama – immer im falschen Augenblick. Völlig egal, Hauptsache, Catharina ist hier bei mir.

„Wir sind nicht da, Mama", rufe ich laut. „Wir sind gerade auf einem anderen Stern." Catharina lacht leise unter der Decke. „Die Küche räume ich morgen auf. Schlaf gut." Ich bin beinahe übermütig. Ich sehe beinahe, wie sie draußen die Stirn runzelt, möchte fast sagen „Warum kommst du denn nicht rein?" Thomas hatte Recht: Man fühlt das Verliebtsein, nur das Nichtverliebtsein ist voll von Zweifeln.

„In Ordnung, Benjamin", höre ich ihre Stimme, „gute Nacht."

Gute Nacht? Eben hat mein neues Leben begonnen. Hell

und strahlend. Ich stürze mich auf Catharina und küsse wie wild ihr ganzes Gesicht. Sie wehrt sich etwas halbherzig. „Nicht, Benjamin", und lacht dann ganz tief von innen heraus. Ein herrliches Lachen.

„Hast du gewusst", frage ich sie, „dass wir alle aus Sternenstaub bestehen?"

„Das ist süß, Benjamin", antwortet sie.

„Nein, im Ernst." Das hat mir Martin mal erzählt. „Wir bestehen zwar fast nur aus Wasser, aber der Kohlenstoff, aus dem wir sind, der kann nicht auf der Erde entstanden sein. Kohlenstoff entsteht nur im Innern eines Sternes." Ich beuge mich über sie und drücke sie ganz fest an mich, „unter Hitze und groooooßem Druck."

Catharina lächelt mich wortlos an und streichelt über meine Wange.

Sternenstaub. Wo hatte ich bloß all die Jahre meine Augen, meine Sinne? Der süßeste, netteste, zärtlichste, witzigste, poetischste aller Jungs turnte jahrelang vor meiner Nase herum. Zum Greifen, zum Küssen nah. Mein Prinz. Und ich dumme Kuh muss erst die Frösche am Teich küssen. Heute jedenfalls bin ich Sterntaler. Und das größte Goldstück liegt neben mir.

Warum sie plötzlich gar nichts sagt? „Wir sind doch jetzt zusammen, oder?“, frage ich etwas unsicher.

Catharina nickt. Dreimal.

„Für immer?“, frage ich weiter.

Lachfalten erscheinen um ihre glänzenden Augen. „Für immer“, sagt sie. Ich küsse sie auf den Mund. Für immer – vielleicht auch nicht für immer … egal. Jetzt ist es für immer.

„Dann kommst du auch mit mir nach Australien, wenn ich dort ein kleines Restaurant aufmache?“

Jetzt muss Catharina schallend lachen. „Warum auch nicht! Und kommst du mit nach New York, wenn ich doch noch eine Tanzkarriere mache?“

Wir kuscheln wie wild im Bett herum. Heute für immer. Und dann liegen wir einfach nur noch da und hören auf unseren Atem.

„In Australien muss der Sternenhimmel wunderschön sein“, sage ich.

Und sie antwortet nach einer Weile: „Ich hab dich lieb, Sternenstaub.“

Wenn Liebe im Spiel ist, wächst auch die Angst im Bauch: bloß nicht peinlich baggern, klammern, unsicher, unerfahren wirken … aber wie? Wenn Laura und Oliver abwechselnd ihre Liebesgeschichte erzählen – vom ersten Blick bis zum ersten Mal – wird deutlich: Wenn zwei das Gleiche fühlen, ist es noch lange nicht dasselbe!

„… ein absolut fesselnder und einfühlsamer Roman über die erste große Liebe …“ Bravo Gir